愛經典

閱讀經典，成為更好的自己。

變形記

法蘭茲・卡夫卡——著
Franz Kafka
方玉——譯

緣起

愛經典

卡爾維諾說：「『經典』即是具影響力的作品，在我們的想像中留下痕跡，並藏在潛意識中。正因『經典』有這種影響力，我們更要撥時間閱讀，接受『經典』為我們帶來的改變。」因為經典作品具有這樣無窮的魅力，時報出版公司特別引進大星文化公司的「作家榜經典文庫」，期能為臺灣的經典閱讀提供另一選擇。

作家榜經典文庫從二〇一七年起至今，已出版超過一百本，迅速累積良好口碑，不斷榮登各大暢銷榜，總銷量突破一千萬冊。本書系的作者都經過時代淬鍊，其作品雋永，意義深遠；所選擇的譯者，多為優秀的詩人、作家，因此譯文流暢，讀來如同原創作品般通順，沒有隔閡；而且時報在臺推出時，每部作品皆以精裝裝幀，質感更佳，是讀者想要閱讀與收藏經典時的首選。

現在開始讀經典，成為更好的自己。

一天早晨，格里高爾・薩姆沙從不安的夢中醒來，發現
自己在床上變成了一隻巨大的蟲子。——《變形記》

這個離房門最近的人，他如何用手蒙住自己張開的嘴，
慢慢向後退去，好像受到一股不可見的、均勻持續的力
量的推動一般。——《變形記》

相反，緊跟著飛來的另一個蘋果卻實實在在地嵌入格里高爾的背上。——《變形記》

在窗前他還經歷了外面黎明的開端。然後他的腦袋不由自主地完全垂了下來，
從他的鼻孔中微弱地冒出了他最後的呼吸。——《變形記》

當行程到達終點時，女兒第一個站起身，伸展著她年輕的身體，
彷彿是對於他們那全新夢想和美好意圖的證明。——《變形記》

只在有些時候，一個表演體操的同事會沿著繩梯爬到他那裡，然後他們倆就會坐在吊桿上，一左一右地靠著繩套，聊一會兒天。——〈最初的痛苦〉

那苦澀的在少女般的面頰上擠出來的微笑，那哀怨的抬頭向著天空的仰望，那雙手插入腰間、以便讓自己能站穩的動作，然後是那由憤怒引起的蒼白和戰慄。——〈小個子女人〉

當觀眾在馬戲表演的中場休息時間湧向獸欄參觀動物的時候，
幾乎無法避免地要路過飢餓藝術家，在那兒稍作停留。
——〈飢餓藝術家〉

HUNGER
NO FOOD

但她的觀眾並不吹口哨，她的觀眾像老鼠一樣安靜，彷彿我們正在分享那嚮往的和平。——〈女歌手約瑟芬或老鼠民族〉

目次

導讀

難以實現的自我

荒誕裡的真實

「一天早晨，格里高爾・薩姆沙從不安的夢中醒來，發現自己在床上變成了一隻巨大的蟲子。」奧地利作家卡夫卡的代表作《變形記》開篇的這句話，是世界上被引用最多的文學作品片段之一。

在傳統文學作品裡，人變成動物的描寫並不新鮮，但沒有任何一個人物的變形能夠像格里高爾的變形那樣，給讀者留下如此深刻的印象。因為這個變形來得這樣突然，沒有原因，沒有鋪墊，沒有任何外在力量的影響。他沒有給讀者時間去追問和質疑這個世界存在的可能性，也沒有花費時間去描寫為什麼他會變成一隻蟲子，甚至沒有說明這是一隻什麼樣的蟲子。你只知道這是一隻討人嫌的蟲子（德文原文

Ungezifer意為「害蟲」），有很多條腿，有褐色的胸部，有盔甲式的背部，因此很可能是一隻甲蟲，但牠到底是什麼樣的甲蟲，比如牠的背部是什麼顏色，讀者卻並不知道。不過不要緊，作者不關心這些，他也不想要你去關心這些，他給你的只是一個概念，他要講的故事，是關於人和命運，尤其是和突如其來的外在變化的關係。

作者只用一句話，一本正經地把一件本來不可能發生的事情設置成事實，擺到你面前，讓你頓時置身於一個荒誕的世界之中。荒誕，正是卡夫卡筆下世界的基調。

法蘭茲．卡夫卡出生於奧匈帝國時期布拉格市的一個說德語的猶太家庭，他的兩個兄弟都在幼年時期即已夭折，下面還有三個妹妹。他的父母經營一家高級服飾用品店。白手起家的父親，性格務實、專斷，對這個唯一的兒子期許甚高。雖然德語在當時的布拉格屬於少數民族語言，遵照父親的願望，卡夫卡接受的是以德語為主的中小學教育。一九〇一年高中畢業後，他在卡爾－費爾南德大學（Deutsche Carl-Ferdinands-Universität）註冊學習化學，兩週後即轉到了法律系。之後，卡夫卡曾學過一個學期的德語、藝術史和哲學課，並且打算到慕尼黑繼續學習德語，但最終他仍然決定回到更實際、能夠提供更多工作機會，也是更能令父親滿意的法律系。

卡夫卡在大學時期就已經開始寫作，他的首篇文章發表於一九〇八年。一九〇六年七月，卡夫卡大學畢業，取得法律博士學位。經過一年實習期，他被義大利忠利保險公司聘用。由於不滿意工作時間太長，一九〇八年七月，他辭職去到半政府機構性質的波西米亞王國工傷保險機構，並在那裡一直工作到一九二二年。由於工作出色，卡夫卡在這裡晉升得很快，然而他本人並不看重這份職務，而稱其為「Brotberuf」（糊口的工作）。這份工作的好處是下班早，使他可以有較多的時間寫作。他把下班前的最後幾分鐘稱為「通往快樂的跳板」；在給一位女朋友的信裡他寫道：「我的工作很可笑，而且輕鬆得可憐……我都不知道自己為什麼會得到這份薪水。」

專斷的父親對卡夫卡的性格和人生的影響非常大。一九一九年，他給父親寫了一封長達一百頁的信，在這封信裡，他描述了他在童年所受的創傷，抱怨自己從來沒有得到過父親的認可，父親對於自己所做的一切，除了嘲諷，就只有鄙視。而神一樣的父親的形象多次出現在卡夫卡的作品中，最突出的就是《變形記》和《判決》。

《變形記》中的主人公格里高爾是一個兢兢業業、勤勤懇懇的推銷員，他幾乎沒有自己的生活，為了替父親還債以及維持家人的生計，他做著自己不喜歡的工作。一開始，家人對他的貢獻「驚訝而欣喜」，可是慢慢的，「……大家都已習以為常：家人感激地接受著那些錢，而他則心甘情願地提供著那些錢，但是不再有一種特別的溫暖感了」。

當格里高爾變成甲蟲之後，他也經歷了家人的改變：父親從一個躺在扶手椅裡的老弱男人變成了銀行的差役；病歪歪的母親變成了縫製高檔內衣的裁縫；那個在父母眼裡是個「沒多大用處的女孩」的妹妹則當上了售貨員——曾經完全依賴格里高爾的家人，原來完全有能力自力更生。隨著這種身分的變化，家人對格里高爾的態度也變了：父親自不用說，他兩次對格里高爾大打出手，最終使他遭受致命創傷；母親則游移於對兒子的愛和對甲蟲的恐懼之間，一直無從選擇；最後，是跟格里高爾最親近的妹妹宣布了他的死刑：「『牠必須離開，』妹妹喊道，『這是唯一的辦法，父親。……』」

對於家人的這種改變，格里高爾卻沒有提出任何疑議，似乎這是一件理所當然的事情。實際上，雖然外形變成了蟲子，他的生活習慣和思維方式並沒有變。變形當天，他一如既往地試圖起床去趕火車上班；代理來到後，他費盡力氣打開房門，為的是讓代理看到自己並非無故曠工，以避免被炒魷魚。當他發現父親其實並非一無所有，他手上有一筆「往日留下的小小的財產」，雖然他「原本可以用這筆閒錢進一步還清父親欠老闆的債，而他擺脫這個職位的那一天也會提前很多」，但他的反應卻是：「格里高爾在他的那扇門後用力點著頭，為這種出乎他意料的謹慎和節儉感到高興……但是現在毫無疑問，還是父親這樣的安排更好。」他甚至接受了家人要他消失的決定，臨死前，他還「帶著感動和愛想起自己的家人。他對於自己必須消失的想法，大概比妹妹更堅定」。

可以看出，《變形記》表面上寫的是格里高爾形態的改變，實質上描寫的卻是人心的改變。雖然這篇小說字面上描寫的是家庭成員之間的關係，實質上卻也觸及了這樣一個問題：當個體失去其在社會中原有的、被認可的功效之後，他和社會其他成員的關係將如何改變？這是一個典型的卡夫卡故事。需要提到的是，在卡夫卡的故事裡，當厄運臨身時，他的主人公都跟格里高爾一樣逆來順受，似乎絲毫想不起要去抗爭什麼、質疑什麼，面對命運的安排，他們唯一的選擇就是屈服和順從。卡夫卡的作品裡沒有英雄，只有小人物，那是他在保險公司裡接觸到的悲苦百姓，也是為了生計不得不放棄自我的作者本人。環境變了，身分變了，人性卻一成不變，卡夫卡用冷靜詳實得彷彿司法文件一樣的細節描寫，不動聲色地一點一點地把這個世界和這些人性展示在讀者面前，這是他眼中的世界的真相。而在荒誕虛構的環境襯托之下，這種真相也更讓人怵目驚心。正因為如此，卡夫卡被後人譽為西方現代文學的鼻祖、二十世紀最具影響力的文學家之一，尚-保羅．沙特、村上春樹、米蘭．昆德拉、阿爾貝．卡繆等許多大師級人物都曾公開承認自己受到過卡夫卡的影響。哥倫比亞作家賈西亞．馬奎斯則聲稱卡夫卡的《變形記》讓他發現「可以用另一種方式寫作」，從而開始了自己魔幻寫實主義的寫作道路。英文中甚至產生了一個以卡夫卡命名的形容詞 kafkaesque（卡夫卡式），指的就是卡夫卡所描寫的那種荒誕、壓抑的世界。

孤獨的藝術家

卡夫卡的小說集《飢餓藝術家》出版於卡夫卡去世後兩個月，收有他生前最後兩年創作的四個短篇：〈最初的痛苦〉、〈小個子女人〉、〈飢餓藝術家〉，和〈女歌手約瑟芬或老鼠民族〉，這四個短篇在他生前都曾單獨在雜誌上發表過。儘管卡夫卡一九二二年就寫信給他的好朋友布羅德，要他收集並銷毀自己所有的手稿，而在〈最初的痛苦〉發表之後，卡夫卡寫信給朋友，稱其為一個「醜陋的小故事」，但他去世前，仍然著手把這四個故事集結出版，可見他自己對這本書的重視。在這本集子裡，除了〈小個子女人〉，其他三篇主角的職業（空中飛人、飢餓藝術家，以及歌手）都與藝術有關，他們都過著近乎與社會隔絕的生活，孤獨地進行著自己的藝術創作。後人認為，這些小說是卡夫卡對自己作為作家的生活和心理的寫照。

比起卡夫卡的其他作品，〈最初的痛苦〉缺乏卡夫卡慣有的深度，結構也相對粗糙。它更像一篇模仿卡夫卡風格的習作，不過，也許卡夫卡只是一時興起把它寫了出來，打算過一段時間用於其他小說之中，但後來沒有時間也沒有可能這樣做了。這篇小說主要表達了作者對自己藝術創作能力減弱的恐懼。也有研究者說，空中飛人的兩根吊桿象徵著藝術和現實，作者藉此表達了自己對於保持兩者平衡的苦惱。

在卡夫卡開始寫〈飢餓藝術家〉的時候，他的結核病已經轉移到喉部，使他進食困難，「飢餓藝術家」這個荒誕職業的靈感大概由此而來。在〈飢餓藝術家〉裡，讀者確實能夠在很多片段看到作者的影子。作為一個藝術家，藝術就是他的生命，他別無選擇（「因為我必須挨餓，我沒別的辦法。」）；但同時，他又必須順從觀眾的意願，不僅因為他們是他的衣食父母，也因為得到認可的才華才能稱為才華。藝術家和觀眾（讀者）的關係，是這篇文章的主題。

這種關係在〈女歌手約瑟芬或老鼠民族〉（以下簡稱〈約瑟芬〉）中被深化。比起飢餓藝術家，觀眾的認可根本不是女歌手約瑟芬操心的事情。如果說飢餓藝術家是在為自己的才華被認可而奮鬥，約瑟芬所奮鬥的，則是得到以「自己的方式的認可」。不過，這種奮鬥同樣徒勞：「她認為自己反正是在對著聾子的耳朵唱歌；儘管從不缺少掌聲和歡呼，但對於她所期待的那種真正的理解，約瑟芬早就學會了放棄。」而約瑟芬的聽眾呢？「但願約瑟芬不會意識到：我們願意聽她唱歌這個事實，正是反對她的歌唱的證據。」雖然約瑟芬無法放棄她的聽眾，她的聽眾也絕對需要約瑟芬，但約瑟芬對她聽眾的生死存亡毫不關心，正如她的聽眾實質上對於她的歌唱毫不關心一樣。我們也許可以得出這樣的結論：藝術家和受眾的關係，也許僅僅基於一種誤解。在藝術這個平臺上，兩者各有所圖、各取所需，但永遠無法真正互相理解。這一點，在〈飢餓藝術家〉裡也有所提及。也許，正是基於這種懷疑，卡夫卡才親手毀掉了自己的大部分手稿，並留下不得出版或再版自己其他作品的遺願。

但〈約瑟芬〉並沒有停留在這個關係的描寫上。這篇小說裡出現的「人物」有三個，除了約瑟芬，還有敘述者「我」以及作為整體的「民族」。和「我」相反，約瑟芬特立獨行（「……在喋喋不休的人群中她是沉默寡言的——我們這些人裡只有少數能閉上嘴，而她就能做到……」）。「我」其實是「民族」這個整體的一員，作為整體，民族是那個「溫暖的、一個緊挨著一個的、屏住呼吸凝神傾聽的大眾」；它為辛苦奔波的個體在生存奮戰的間隙裡提供了「溫暖的大床」；它是強大的，「民族和個體之間的力量懸殊如此驚人，民族只需把受保護者拉到它身邊的溫暖之中，後者就已經得到了足夠的保護」。因此約瑟芬和民族的對抗最終必定會以失敗告終。個體和群體的關係也是卡夫卡小說的重要主題。這個群體可以是社會（比如〈約瑟芬〉裡的民族）、可以是一個團體（比如卡夫卡未完成的小說《城堡》裡一直未露面的權力集團），甚至可以是一個家庭（比如《變形記》裡格里高爾的家人）。不難看出，卡夫卡相信：與眾不同的個體如果不接受群體的同化，必定會被群體壓抑甚至消滅。

同時，在〈約瑟芬〉裡，讀者還能夠讀到卡夫卡對於藝術本身的質疑。作者在文章開始不久，對約瑟芬的藝術便提出了這樣的問題：「那到底是不是歌唱？」而這個問題一直到文章結束也沒有得到正面的回答。相反，作者不無嘲諷地寫道：「就算那只是我們日常習慣的吹口哨，這件事卻首先包含了這樣的奇特之處：某人鄭重其事地站出來，不為別的，單單為了做一件普通尋常的事情。嗑開一個堅果實在算不上藝術，所以也不會有人敢於召集一群觀眾，在他們面前表演嗑堅果來娛樂他們。但如果真有人這麼做了，而且達到了他的目的，那麼這件事就不可能僅僅是嗑堅果那麼單純了。或者，這件事確實只是單純的嗑堅果，卻因此讓我們看到，我們一直都對這一門藝術視而不見。因為這件事我們自己做起來實在已經駕輕就熟，而只有這位新來的表演嗑堅果的人才向我們展現出這件事的實質。在這種情況下，假如他嗑堅果的技能比我們大多數人還要差一點的話，效果反而會更好。」

有趣的是，一九一七年，和卡夫卡同一時代的法國藝術家杜象在紐約展出他著名的裝置作品，名為「噴泉」的一個小便池，正式提出了對傳統造型藝術的質疑，並因此開創了裝置藝術的先河，被後人稱為「西方現代藝術的保護神」。在卡夫卡生前完成的最後一篇小說裡，卡夫卡不僅提出對藝術家和受眾關係的質疑，同樣對藝術提出了質疑。而他並沒有像自己在〈約瑟芬〉中預言的那樣「很快，她就會在昇華解脫中被遺忘，就像她所有的弟兄一樣」，反而被後人追認為西方現代文學的鼻祖。這一切，是偶然？還是時代造就英雄的必然？如果是後者，對於反英雄的卡夫卡，以及對於生前自稱不是藝術家的杜象，一定都是很值得玩味的事情。

難以實現的自我

和〈最初的痛苦〉相似，〈小個子女人〉的風格也與卡夫卡的其他作品相去甚遠。卡夫卡的文風準確細緻，在中性的描寫後面暗藏著深厚的情感。但〈小個子女人〉給人的感覺是匆匆寫就，文中還有些前後不通的地方，似乎連作者都不知道自己到底想要說什麼。因此，卡夫卡的研究者在提到這篇小說的時候，多致力於對作者在這篇文章中表現出來的心理意義加以分析。

卡夫卡和女人的關係向來是卡夫卡研究者的一個重要的題目。他一生未婚，雖然認識過很多女朋友，還訂過兩次婚，卻都無疾而終。從他留下的寫給女友的信件的龐大數目幾乎可以斷定，他更傾向於和女人建立一種柏拉圖式的關係。對於女人，他似乎既嚮往又恐懼。這一點，在〈小個子女人〉裡可見一斑：「我」其實對於小個子女人非常在乎，卻無法主動出擊，或者和解，或者徹底翻臉。「我」的被動，和卡夫卡在現實生活中女性關係裡的被動如出一轍。

對於卡夫卡和女人的關係，後人有很多猜測，卡夫卡自己曾表示害怕結婚會讓他的寫作時間減少，漸漸喪失寫作能力。同時，他還害怕有人介入他的生活後會使他失去自我。

卡夫卡的恐懼並不難理解，他生活在以捷克語為主要語言的布拉格，卻被迫接受德語教育，自己也把德語當作母語；他雖然出生於猶太家庭，父親對猶太人卻並不認同，在卡夫卡家，猶太教只不過是節日裡必須走的一種形式而已。這一切，讓他沒有群體歸屬感。而強勢的父親、備受壓抑的童年，更讓性格敏感的卡夫卡缺乏安全感。他害怕親密的關係，只能在寫作裡尋找和實現自我。但是，正如他在自己寫給父親的信裡所說：「在寫作中，我確實獨立地離你遠了一截，即便這有些讓人想到蟲子，牠的後半截身子被一隻腳踩著，牠用前半截身子掙脫開，掙扎著爬向一邊。我稍微舒服些了，我鬆了口氣。」「……經常湧上我心頭的這種渺小感……來自於你的影響……」

一九二四年六月三日，卡夫卡病逝於奧地利東部的一家療養院，死後遺體被運回布拉格火化，埋葬在當地的猶太人墓地。在世時，他的名氣並不大。直到二戰之後，卡夫卡作品的意義才得到世界性的認可。

卡夫卡寫給父親的那一百頁的長信，他從來沒有交給父親，直至他去世之後，才由他的朋友布羅德首次在一九五二年整理發表。卡夫卡的一生都在企圖掙脫那隻踩住了他半截身子的腳，但最終卻難以辦到。他一輩子都是那個沉默、羞怯、敏感的孩子，仰望著自己粗暴、專斷、強勢的父親（後來還有他的讀者），他的目光批判而挑剔，這目光無所不及，無論卡夫卡走到哪裡、正在做什麼，他都能感覺到這目光的壓力，能感覺到父親隨時可能撇著嘴，從鼻子裡冷冷地哼了一聲。

二〇一九年十二月十七日

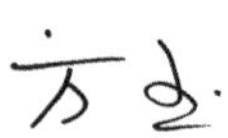

PART 1

卡夫卡經典中篇小說

變形記

Die Verwandlung

1

一天早晨，格里高爾・薩姆沙從不安的夢中醒來，發現自己在床上變成了一隻巨大的蟲子。他仰躺著，背部堅硬，像盔甲一般，稍微抬起頭，便看見他拱圓的、棕色的、分布著許多弓形硬塊的肚子。在肚子的頂端，被子快要支撐不住了，隨時會完全滑落。他那許多條相對身體其他部分顯得纖細得可憐的腿在他眼前無助地晃動著。

「我怎麼啦？」他想。這不是夢。他的房間，一間只是有點過於狹小的真正的人類的房間，正靜靜地立於四面熟悉的牆壁之間。薩姆沙是個推銷員，在那張堆放著拆封了的紡織品系列樣品的桌子上方掛著一幅畫，那是他不久前從一本畫報上剪下來放進一個漂亮的鍍金畫框裡的。畫上畫的是一位戴著皮帽子、圍著皮圍巾、坐得筆直的女士，正把一隻遮住了她整條小臂的沉重的皮手筒遞向觀畫的人。

格里高爾接著把目光投向窗戶，那陰沉的天氣——聽得到雨點敲打著金屬的窗框——讓他感到格外傷感。「如果我再繼續睡一下，把所有莫名其妙的事都忘掉，又會怎樣呢？」他想。但這完全辦不到，因為他習慣了右側著身子睡覺，但在目前這種狀況下他卻沒法讓自己躺成那個姿勢。不管他使出多大力氣想翻到右側，最後總是會搖搖晃晃地回到仰躺的姿勢上來。他嘗試了有一百次，閉著眼睛，以免看到那些踢騰掙扎的腿，直到開始感覺到身體右側出現了一種從未有過的輕微悶痛，他才作罷。

「啊，上帝！」他想，「我選擇的是一份多麼辛苦的職業啊！每天都在路上奔波。跑業務的壓力比坐辦公室的內勤工作大多了。況且我還得承受旅行帶來的折磨：擔心錯過轉班火車，三餐又沒規律又難吃，人際關係總是在變動，永遠不能長久，永遠不能變成知己。讓這一切見鬼去吧！」他覺得肚皮頂上有點癢，於是仰躺著慢慢向床柱移去，以便更容易把頭抬起來。他找到了發癢的地方，那兒布滿白色的小點，弄不清是些什麼；他想用一隻腳去抓抓那個地方，卻立刻把腳縮了回來，因為那一下觸碰讓他打了好幾個寒顫。

他滑下來回到自己先前的姿勢。「這種早起，」他想，「把人完全弄笨了。人必須睡飽覺。別的推銷員過得像宮廷貴婦一樣。比如當我上午回到旅館，去登記新簽的訂單的時候，那些老爺還在吃早飯。但如果我敢這麼做，馬上就會被老闆掃地出門。不過誰知道對我來說，這會不會是件大好事呢？如果不是因為父母的緣故得忍著，我早就辭職了，我會去找老闆，把心裡的想法全部跟他直說。他非得從斜面桌上摔下來不可！他那種方式也夠奇特的，坐在斜面桌上居高臨下地跟員工說話，員工還得因為老闆耳背，而必須湊到他跟前。不過，希望還沒有完全破滅，等哪天我存夠了錢，把父母欠他的債還清了——應該還有五六年吧——我一定會把這件事辦了。然後我就會做一個大了斷。不過目前我還得起床，因為火車五點鐘開。」

他看向櫃子上那滴滴答答的鬧鐘。「上帝啊！」他想。六點半了，指針靜靜地向前移動著，甚至過了六點半，快到六點四十五分了。難道鬧鐘沒有響？從床上可以看到，鬧鐘被正確地撥到了四點鐘的位置，它當然響過了。是的，但是要在這能晃動家具的響聲中安穩地睡過頭，又怎麼可能呢？不過，他睡得倒並不安穩，但很可能卻因此睡得更沉。

現在他該怎麼辦？下一班火車七點開，要趕上這班車，他必須拚命趕才行。但樣品還沒裝好，他也完全不覺得自己特別有精神、特別靈活；就算他能趕上那班火車，也逃不過老闆的一頓大發雷霆，因為公司的聽差肯定已經在五點那班火車那兒候著，並且早就把他遲到的消息報告上去了。他是老闆的奴才，既無骨氣又沒頭腦。那怎麼辦，請病假嗎？但這樣做讓人相當難堪而且相當可疑，因為格里高爾在他五年的任職期間還從未生過一次病。老闆當然會帶著醫療保險公司的醫生前來，會因為這個懶惰的兒子而責怪他父母，還會藉助醫保公司醫生的意見，駁回一切聲辯。在這個醫生眼裡，根本只有完全健康卻不願工作的人。不過在這件事情上他也並不是完全沒有道理吧？確實，除了睡了一個長覺之後實在多餘的睏倦感之外，格里高爾感覺完全良好，甚至還覺得肚子特別餓。

當他飛快地考慮著這一切，還無法下定決心離開床的時候——鬧鐘敲響了六點四十五分——有人小心翼翼地敲了敲靠著他床頭的那扇門。「格里高爾，」有人喊道——是母親——「六點四十五分了。你不是還要趕火車嗎？」多麼溫柔的聲音！

而當格里高爾聽到自己回答的聲音時，他嚇了一跳，毫無疑問這是他從前的聲音，但裡面卻摻雜了一聲似乎是從聲音底部發出來的、壓制不住的痛苦的「吱吱」聲，這「吱吱」聲讓他的話僅僅在說出口的那一瞬間保持清晰，一旦進入餘音之後便徹底破壞，讓人不知道是否真的聽清楚了。格里高爾本來想詳細地回答解釋一切，但在這種狀況下他只能說了一句：「好，好，謝謝母親，我這就起床了。」由於隔著木門，外面大概並沒有真正覺察到格里高爾聲音裡的變化，因為母親平靜了下來，踢踢踏踏地走開了。但是這短短的交談讓其他家庭成員注意到：格里高爾還出乎意料地待在家裡。

父親立刻就在一扇側門上敲了起來，敲得很輕，但用的是拳頭。「格里高爾、格里高爾，」他喊道，「怎麼了？」過了一小會兒，他又降低聲音催促道：「格里高爾！格里高爾！」在另一扇側門後，妹妹則帶著哭音輕輕說：「格里高爾？你不舒服嗎？你需要什麼東西嗎？」格里高爾對著兩邊的門回答：「就好了。」他努力透過極其細心的吐字以及每個單詞之間長時間的停頓，把他聲音裡所有會引起注意的地方去掉。父親走回去吃他的早餐了，妹妹卻悄聲說：「格里高爾，開門吧，我求你了。」但格里高爾根本沒去想開門這件事，而是慶幸自己在旅行中養成的謹慎：哪怕在家裡，夜裡也會把所有的門鎖好。

首先他想安靜而不受干擾地起床、穿衣服，尤其是要吃早飯，然後再去思考下一步怎麼辦，因為他分明察覺到，躺在床上他是想不出什麼理智的結果的。他記得，自己躺在床上的時候經常會感覺到某種可能由於睡姿不好而引起的輕微疼痛，而起床之後就會發現這些疼痛純屬幻覺；他很想知道，自己今天的種種想像將會如何漸漸消逝。聲音的變化僅僅是一場重感冒——這是推銷員的職業病——的前兆，對於這一點他沒有絲毫懷疑。

要掀掉被子非常容易，他只須稍微鼓鼓肚子，被子就自己滑了下去。但是下一步就困難了，尤其因為他的身體寬得那樣不尋常。本來他需要手臂和手使自己立起來，但他卻只有這許多條細小的腿，它們在不停地做著各種不同的動作，更何況他還無法控制這些腿。如果他想讓一條腿屈起，那麼發生的第一件事就是他的腰伸直了；等他終於讓這條腿執行了他想要它做的事情，那麼這期間其他所有的腿都會像獲得了解放一般，極度興奮而令人痛苦地亂動起來。「只要不在床上沒用地躺著就行。」格里高爾自言自語道。

一開始他想利用身體的下部讓自己離開床，結果卻發現，這個他還從沒見過、也無法正確想像的下部非常不靈活，挪動起來十分緩慢，最後，當他幾乎要發狂了，卯足了力氣、不顧後果地向前衝去時，卻選錯了方向，狠狠地撞到了床柱下方。那火燒一般的疼痛讓他意識到，眼下他身體的這個下部也許正是最敏感的部位。

因此他又試著先讓上身離開床，他小心翼翼地轉動著頭部，朝床沿移去。這一點他也很容易就做到了，儘管他又寬又重，整個身體最終還是慢慢地跟隨著頭部轉動起來。但等他終於把頭伸到床外的空中時，他害怕了，不敢繼續以這種方式前進，因為如果他最終讓自己像這樣摔下床去的話，必須真有奇蹟出現，才能避免腦袋受傷。而正是現在，他無論付出什麼代價也不能失去知覺，否則他寧願待在床上。

但是當他再次付出同樣的努力，又像先前那樣歎息著躺在那裡，再次看著他的那些細腿更加激烈地相互爭鬥，而他卻想不出什麼辦法讓這失控的動作平息下來時，他又對自己說：他實在不能待在床上，最理智的做法應該是犧牲一切，哪怕只有微乎其微的希望，也要把自己從床上解救出來。不過這期間他同時沒有忘記提醒自己：三思而後行遠遠好過絕望時的孤注一擲。在那樣的瞬間，他全神貫注地凝視著窗戶，遺憾的是，目光所及卻是一片晨霧，連狹窄的街道的對面都被遮掩了，讓人很難得到信心和鼓舞。「都七點了，」隨著鬧鐘再次響起，他對自己說，「都七點了，還是那麼霧濛濛的。」他呼吸很輕地靜靜地躺了一會兒，似乎期待著在這完全的靜謐之中，那種真實合理的狀態會重新歸來。

然後他卻對自己說：「鐘響七點十五分之前，我無論如何都必須完全離開這張床。況且到那時，公司裡也會有人來找我，因為公司七點之前就開始辦公了。」於是他開始設法把自己的整個身軀完全均勻地橫著搖晃到床外去。如果他以這種方式掉到床下，他會在摔下去的時候把腦袋高高仰起，然而他的腦袋八成不會受傷。後背似乎挺堅硬的，摔到地毯上應該沒事。他最擔心的是那必然會發出的巨大聲響，這聲響就算不會在那幾扇門後引起驚嚇，也會導致擔心。但這個險非冒不可。

當格里高爾已經把半邊身體探出床外時——這個新辦法與其說辛苦，不如說是一個遊戲，他只需要一陣陣地不停扭動就行了——他突然想起來，如果有人能幫幫他，這一切該多麼簡單。兩個強壯的人——他想到父親和那個女傭——就完全夠了。他們只須把手臂伸到他拱形的後背底下，把他從床上托起來，然後抬著他彎下腰，只要格外小心、格外耐心，等到他完整地落到地上，到了地上，他的那些細腿但願就有用了。可是，且不說所有的門都鎖上了，但他真的應該叫人來幫忙嗎？儘管他的處境非常困難，想到這裡，他仍然禁不住露出一絲微笑。

他已經晃到了床邊，到了稍微搖晃得厲害一點，就幾乎無法保持平衡的地步，他必須盡快做出最後的決定，因為還有五分鐘就到七點十五分了，而這時大門的門鈴響了。「是公司裡的人。」他對自己說，差點驚呆了，同時他的那些小細腿卻因此愈加急促地舞動起來。有一瞬間，一切安靜如常。「他們不開門。」格里高爾對自己說，抱著某種荒唐的希望。但是隨後當然是女傭一如既往地邁著有力的步伐走向大門，把門打開了。格里高爾只須聽到來訪者的第一聲招呼，就已經知道了那人是誰——代理[1]本人。

為什麼只有格里高爾會被發配到這樣一家公司去賣力呢？在這間公司你會因為犯了最小的錯誤，而馬上遭受到最大的懷疑。難道所有的員工統統都是無賴？他們當中就沒有一個忠誠老實的人，這人哪怕只有早上的兩三個小時沒有忙著工作，就會因為良知的折磨而變得滑稽可笑，簡直起不了床？難道就不能只派一個學徒來打探一下情況——如果這種打探確實有必要的話？非得要代理親自上門，非得要用這種方式向無辜的家人顯示：對於這件可疑的事情只有代理才有能力加以調查？

格里高爾用盡全力，把自己晃下了床，這與其說是格里高爾做出了正確的決定，還不如說是這些念頭讓他受到了刺激。一聲響亮的撞擊聲，不過還不至於真的很吵。地毯稍微減緩了摔落的聲音，而後背也比格里高爾想像的更具彈性，因此那只是一聲不那麼特別引人注意的悶響。不過他的腦袋抬得不夠小心，無意中撞到了。他又氣又痛，轉動著腦袋，在地毯上摩擦著。

「那裡面有什麼東西掉下來了。」代理在左邊的隔壁房間裡說道。格里高爾試圖想像，類似今天發生在自己身上的事情是不是有一天也會發生在代理身上，必須承認，這種可能性確實存在。就像是對這個問題的粗暴回答，代理此時在隔壁堅定地走了幾步，弄得他的漆皮靴嘎嘎作響。右邊的隔壁房間裡，妹妹低聲告知格里高

1 代理（Prokurist）是德國企業裡的一種管理層職位，他們具有代替企業業主簽署某些文件以及執行某些商業行為的權利。——本書注釋均由譯者所加，以下不再一一說明。

爾：「格里高爾，代理來了。」「我知道。」格里高爾自言自語道，但是他沒敢把聲音提高到妹妹能聽見的程度。

「格里高爾，」這時父親在左邊的隔壁房間裡說道：「代理先生來了，他想知道你為什麼沒有搭早班車走。我們不知道該跟他說什麼。另外他還想跟你本人談談。請你把門打開吧。他心腸好，你房間亂他也不會見怪的。」「早安，薩姆沙先生。」代理和氣地插嘴喊道。「他不舒服，」當父親還在對著門說話的時候，母親對代理說：「他不舒服，相信我吧，代理先生。不然格里高爾怎麼可能會誤了一班火車呢！這孩子腦子裡只有工作。他晚上從不出門，我都要生氣了。這次他在城裡待了八天了，但每天晚上他都待在家裡。他和我們一起坐在桌旁，安靜地看報紙或者研究班車時刻表。對他來說，用鋼絲鋸弄點東西就已經算是消遣了。比方說，他用了兩三個晚上就雕出了一個小相框。相框那麼漂亮，您會吃驚的。相框就掛在裡面房間裡，等格里高爾開了門，您馬上就會看到的。另外我很高興您來了，代理先生。光靠我們是沒法讓格里高爾把門打開的。他那麼固執；他一定是不舒服了，儘管今天早上他還不承認。」「我馬上就來。」格里高爾緩慢而謹慎地說，並沒有動，以免漏掉外面對話的一個字。「其他理由，仁慈的女士，我也無法想像，」代理說，「希望不是什麼嚴重的問題。不過另一方面，我也得說，我們生意人——你願意說可惜也好、願意說幸虧也好——由於工作的關係，必須經常克服輕微的不舒服。」「那代理先生可以進你房間了嗎？」不耐煩的父親問道，再次敲了敲門。「不行。」格里高爾說。左邊的房間出現了一陣難堪的靜謐，右邊的房間裡妹妹抽泣起來。

到底為什麼妹妹不到其他人那裡去呢？她大概現在才起床，根本還沒開始穿衣服。她到底哭什麼呢？因為他不起床、不讓代理進屋？因為他面臨丟掉工作的危險？因為這樣一來，老闆就會找父母討要舊債？這些暫時都不過是不必要的擔憂。格里高爾還在這裡呢，一點都沒想過要離開家人。目前他還好好地躺在地毯上，任何清楚他現狀的人都不會當真要求他讓代理進屋的。對這個小小的無禮之舉稍後很容易就能找到一個合適的藉口來解釋，格里高爾總不會因此就馬上被解雇。在格里高爾看來，更理智的做法應該是讓他一個人自己待著，而不是用哭泣和勸說來打擾他。但正是對他情況的不瞭解，讓其他人感到了困擾，也讓他們的舉動情有可原。

「薩姆沙先生，」這時，代理提高聲音叫道，「到底怎麼了？您把自己關在房間裡，只回答『是』或者『不』，不必要地讓您的父母十分擔心，而且——這一點我只是順便提一下——還以一種簡直是不知羞恥的方式疏忽了您的工作職責。在此我以您父母和老闆的名義發言，非常嚴肅地請您立刻做出明確的解釋。我很震驚，我很震驚。以前我認為您是個安靜而理智的人，但現在您好像突然想藉由鬧彆扭來示威。雖然今天早上老闆向我暗示過您不去上班的可能原因——跟最近讓您去取的那筆款項有關——但是我差不多以我的名譽向他擔保這個原因不可能成立。然而現在看到您這麼固執、不可理喻，我已經完全沒興趣為您說哪怕一句好話了。您的位子絕對不是最穩固的。一開始我本來打算單獨跟您談的，但因為您讓我在這裡白白浪費時間，我不知道為什麼就不該讓您的父母大人也瞭解一下這件事。最近一段時間裡，您的業績非常令人不滿意，儘管我們也承認，現在不是做大生意的季節。可是也不能整個季節什麼生意都沒做成，薩姆沙先生，這是不允許的。」

「可是代理先生，」薩姆沙狂喊道，激動得什麼都忘了，「我這就、馬上就開門。剛才我稍微有點不舒服，犯了頭暈，才沒能起床。現在我還躺在床上，但我已經完全有精神了。我正在下床。再耐心等一下吧！目前還不像我想的那麼順利，不過我已經恢復了。一個人怎麼會突然碰到這種事！昨天晚上我還好好的，這我父母是知道的，說實在的，昨天晚上我就有一點預感。其實從我的身體應該看得出來。為什麼我就沒有跟公司請假呢！可是大家總是認為，生病了不用待在家裡也能挺過去。代理先生！請體諒我的父母吧！您現在對我的所有指責都是沒有根據的。這方面沒人跟我講過一個字。您也許還沒看過我寄回去的最新訂單。另外，我會搭八點的那班火車出門，這幾個鐘頭的休息給了我力量。您不用在這裡浪費您的時間了，我本人馬上就到公司，勞煩您，跟老闆先生講一聲，代我向他問好吧。」

格里高爾急促地迸出這些話，卻幾乎不知道自己在說些什麼，與此同時，大概由於他先前在床上練習，他輕易地靠近了衣櫃，此刻正試圖依靠著衣櫃立起身來。他確實想打開房門，確實想讓人看到自己，想跟代理談話；他很想知道：那些此刻那麼渴望見到他的人，一旦看到他，會說些什麼。如果他們受到驚嚇，那麼格里高爾就不再有責任，可以安心了；如果他們能夠平靜地接受這一切，那麼他也沒有激動的理由，如果趕一點的話，他確實可以在八點鐘趕到火車站。一開始他好幾次從光滑的衣櫃上滑了下去，但是最終他用力一跳，立了起來。他已經不再去理會身體下部的疼痛了，不管那疼痛如何火燒火燎。這時他向著附近一張椅子的椅背倒下去，用那些細腿抓緊椅子的邊緣。用這樣的方式他也贏得了對自己身體的掌控，他不說話了，因為現在他可以傾聽代理講話了。

「你們聽懂了哪怕一個字嗎？」代理問父母，「他不會是在把我們當猴耍吧？」「天啊！」母親已經帶著哭音喊道，「他可能病得很重，我們在折磨他。葛蕾特！葛蕾特！」她大叫著。「母親？」妹妹從另一邊喊道。她們隔著格里高爾的房間交談著。「你必須立刻去找醫生。格里高爾病了。快去找醫生。你聽到格里高爾說話了嗎？」「那是動物的聲音。」代理說。在母親的喊叫聲的襯托下，他的聲音輕得引人注意。「安娜！安娜！」父親拍著手，隔著前廳向廚房裡喊著，「馬上去叫鎖匠來！」兩個女孩很快裙裾窸窣地跑過前廳——妹妹究竟怎麼那麼快就穿好了衣服？——用力拉開了大門。沒聽到關門的聲音，她們應該讓門開著了，就像發生了大變故的住宅慣有的樣子。

格里高爾卻平靜多了。儘管他的話別人不再聽得懂，他倒覺得自己聽得很清楚，比以前還要清楚，也許因為他的耳朵已經習慣了。但是至少現在大家已經相信他不完全正常，而且準備幫助他。採取這些初步措施時所顯示的那種信心和把握讓他感覺很好。他覺得自己又被歸入了人類的圈子裡，期待著這兩個人——醫生和鎖匠（他沒有對他們加以詳細區別）——做出讓人驚喜的巨大貢獻。為了讓聲音清晰，好進行即將到來的關鍵性談話，他稍微清了清嗓子，當然盡量壓抑著，因為很可能連這種聲音都會跟人類的咳嗽聲不一樣，這種聲音他再也不敢發出來了。這期間，隔壁房間已經變得十分安靜。也許父母和代理正坐在桌旁竊竊私語，也許所有人都靠在門上側耳傾聽。

格里高爾推著椅子慢慢向房門移去，到了門前，他放下椅子，撲到門上，靠著房門直立著——他那些細腿的根部有一點黏液——累得在那裡休息了一會兒，接著他就開始用嘴去轉動插在鎖眼裡的鑰匙。遺憾的是，他好像並沒有什麼真正的牙齒——等一下他該用什麼來咬住鑰匙呢？——不過他的下顎顯然倒很強勁。藉助下顎，他確實讓鑰匙轉動起來，他不去理會這樣做肯定會給自己帶來某種傷害，因為一股褐色的液體從他的嘴裡流了出來，流過鑰匙，滴到了地上。

「聽啊，」代理在隔壁房間裡說，「他在轉動鑰匙。」這讓格里高爾受到很大的鼓舞。但其實所有人都應該為他加油，連同父親和母親，「加油，格里高爾，」他們應該喊，「繼續，繼續把鎖弄開！」想像著大家都緊張地關注著他的努力，他使盡全身所有力氣，奮不顧身地咬住了鑰匙。他隨著鑰匙的轉動，圍著鎖眼來回跳著，僅僅靠著嘴的力量來保持直立；視情況需要，他或者掛在鑰匙上，或者用全身的重量把鑰匙向下壓。門鎖終於彈開了，那一聲脆響這才把格里高爾喚醒。他鬆了一口氣，對自己說：「我沒用到鎖匠。」他把頭靠在門把手上，好把門完全打開。

由於他不得不以這種方式開門，房門雖然已經敞得很開，但別人還看不到他。他必須先慢慢從這扇門的背後轉出來，而且如果他不想在進入客廳之前仰面摔倒的話，還得非常小心。正當他忙著對付這個難題，沒有時間去注意其他事情的時候，他聽到代理發出一聲響亮的「啊！」——這聲音聽起來就像狂風呼嘯——他也看到他了：這個離房門最近的人，他如何用手蒙住自己張開的嘴，慢慢向後退去，好像受到一股不可見的、均勻持續的力量的推動一般。母親——雖然代理在場，她卻仍然頂著一頭夜裡睡散了的、高聳的亂髮站在那裡——先是雙手交握地看了父親一眼，然後向著格里高爾邁近兩步，隨即倒在了地上，她的裙裾在她周圍四散開來；她的臉埋在胸前，完全看不見了。父親面帶敵意地握緊拳頭，似乎想把格里高爾打回房間裡去，接著他猶豫地環顧了客廳一眼，然後用手遮住眼睛哭了起來，他那寬闊的胸脯也隨之起伏。

格里高爾現在根本不再進入房間，而是靠在了另外那扇鎖死了的門的背後，讓人只看得到他的半邊身體以及身體上側探出去窺視其他人的腦袋。這期間天已經亮了很多，街道的另一面清楚地矗立著對面那棟無邊無盡的灰黑色房屋——那是一座醫院——的一段，間隔一致的窗戶堅硬地鑲嵌在房屋的正面。雨還在下著，但雨點很大，每一顆都看得見，一顆接一顆地砸到地面上。桌子上擺著過多的早餐餐具，因為對於父親來說早餐是一天裡最重要的一餐，他會閱讀各類報紙，把早餐時間拖延到好幾個鐘頭之久。就在餐桌對面的牆上，掛著一幅格里高爾服兵役時期的照片，照片裡的他是一個少尉，手放在軍刀上，無憂無慮地笑著，想讓人對他的姿勢以及制服肅然起敬。通向前廳的房門開著，由於寓所的大門也是敞開的，可以望得到寓所前的過道以及下樓樓梯的前幾階。

「現在，」格里高爾說，心裡非常清楚，他是唯一保持冷靜的人，「我會馬上穿好衣服，把樣品裝好，然後就動身。你們願意、願意讓我走嗎？現在，代理先生，您看見了，我並不固執，我喜歡工作，出差很辛苦，但不出差我無法生活。您要去哪裡啊，代理先生？去公司？對嗎？您會把一切如實報告上去吧？有人可能會有一陣子沒法工作，但正是這時候，應該記起他以前的功勞，相信他克服了障礙以後，肯定會更加勤奮更加專心地工作的。我虧欠老闆先生很多，這一點您知道得很清楚。另外一方面，我還得照顧父母和妹妹。我現在身處困境，但我會克服的。您就別讓我的處境比現在還要困難了。在公司裡支持我吧！大家都不喜歡推銷員，我知道。大家以為他賺著大錢過著美好的生活，因為他們沒有特別的動機去好好想想這些偏見。可是您，代理先生，您對其中的關係比其他人看得更全面，是的，甚至，完全私下裡說，您比老闆先生自己看的還要全面，因為他本人是企業家，容易讓自己受到錯誤影響，做出不利於某個職員的決定。而您卻非常清楚，推銷員幾乎一年到頭都在公司外面跑，是很容易成為流言蜚語、偶然事件以及沒來由的指責的犧牲品的，然而對此他卻根本無法防備，因為對這些東西他大多一無所知，只有當他筋疲力竭地出完差回到家，親身體會到那些弄不清根源的可怕後果的時候，才會有所瞭解。代理先生，您別走，別這樣不跟我說一句話就走了，告訴我，您起碼覺得我的話有一小部分是對的吧！」

可是代理在格里高爾開口說第一句話的時候就已經轉過身去，他的肩膀抽搐著，大張著嘴，扭頭看向格里高爾。在格里高爾說話的時候他沒有一刻安靜地站著，而是朝著房門溜去，同時不讓自己的視線離開格里高爾，他的步伐那麼緩慢，彷彿存在著一道不准離開房間的祕密禁令。很快他就到了前廳，從他突然一下子邁出最後一步，把腳抽離了客廳的樣子來看，別人會覺得他的鞋底可能著了火。他在前廳裡向著樓梯遠遠地伸出右手，好像那裡有一個超凡的救星在等待著他一樣。

格里高爾心裡清楚，如果他不想讓自己在公司裡的職位受到極度危害的話，他絕不能讓代理帶著這種情緒離開。父母對這一切並不很瞭解，多年以來，他們形成一種信念，以為格里高爾可以在這家公司幹一輩子，衣食無憂，另外他們現在忙於應付眼前的煩惱，完全喪失了預見的能力。但是格里高爾有這樣的預見，代理必須被留住、被安撫、被說服，最後再被爭取過來。格里高爾和家人的將來就靠這個了！如果妹妹在這裡該多好啊！她聰明，當格里高爾還安靜地仰面躺著的時候，她已經哭了。這個喜歡女人的代理一定會聽她勸的，她會關上大門，在前廳裡說服他，直到他不再害怕。可是妹妹不在這兒，格里高爾必須親自出馬。他離開了那扇門，並沒有去想他對自己目前的行動能力根本還不瞭解；也沒有去想可能——非常可能——別人又聽不懂他的話。他離開了那扇門，把身子探出門洞，想朝已經用雙手可笑地緊抓走廊欄杆的代理走去，卻立刻一邊尋找著支撐點、一邊低低地尖叫了一聲後跌倒了，他那許多條細腿著了地。

這件事發生的那一瞬間，他在這個早晨第一次感覺到一種身體上的舒適。他高興地發現：那些細腿踩在堅實的地面上，完全聽命於他，甚至努力抬著他去向他想去的地方。他已經相信：所有苦難的終極好轉就在眼前。然而就在同一瞬間，當他躺在地上由於行動的限制而晃動著的時候，他離母親不遠，就在她對面，而本來看似完全陷入了沉思的母親，卻一下子跳了起來，她大張著雙臂，十指叉開，高喊道：「救命，上帝啊，救命！」她低著頭，似乎想要把格里高爾看得更清楚些，卻又自相矛盾地無意識地迅速向後退去，她忘了身後是擺好了的餐桌，她退到餐桌前，心不在焉似的一屁股坐了上去，似乎完全沒有意識到她身邊那個大壺倒下了，咖啡正洶湧而出，流到了地毯上。

「母親，母親。」格里高爾輕聲說道，抬頭望著她。有一瞬間，代理完全從他的意識裡消失了。可是看到流淌的咖啡，他忍不住伸出下顎咂了好幾下嘴。母親見狀再次尖叫起來，她逃離了桌子，倒在正從對面奔來的父親的懷裡。

但是格里高爾此刻沒時間顧及他父母了，代理已經到了樓梯邊，他把下巴擱在欄杆上，最後回頭看了一眼。格里高爾做好衝鋒的準備，以保證能追上代理，但代理應該已經有所察覺，因為他一步跳下好幾級臺階，不見了，還「呼」地高喊了一聲，喊聲在整個樓梯間迴蕩。

然而遺憾的是，代理的逃離似乎把迄今為止相比之下最為鎮定的父親徹底弄糊塗了，因為他不但沒有去追代理，或者至少不要妨礙格里高爾去追，反而用右手抓起代理連同帽子和大衣一起遺留在椅子上的手杖，左手從桌子上拿起一大張報紙，跺著腳，揮舞著手杖和報紙，開始把格里高爾朝他自己的房間裡趕。格里高爾的請求不管用，他的請求也沒人能聽懂，不管他如何謙卑地扭著頭，父親卻只是把腳跺得更狠了。那邊，母親不顧天涼，猛地推開一扇窗戶，把身子伸了出去，她把臉遠遠探到窗外，埋在雙手之中。巷子和樓梯間之間形成一股強烈的穿堂風，窗簾飛了起來，桌子上的報紙沙沙作響，有幾張在地上飛舞。

父親不屈不撓地逼近著，牙齒間發出噝噝聲，像野人一樣。但是格里高爾還沒練習過後退，他退得實在太慢。如果格里高爾能夠轉身的話，他馬上就可以回到他的房間裡。但他害怕自己那極其費時的轉身會讓父親變得不耐煩，每一個瞬間，父親手裡的手杖都可能落到他的背上或者頭上，給他致命一擊。不過最終格里高爾別無選擇，因為他驚恐地意識到，後退時自己連如何保持方向都不知道。因此他一邊不停地斜著眼驚恐地看著父親，一邊開始盡可能迅速、而實際上卻只是非常緩慢地扭轉著身體。

也許父親意識到了他的良好意願，因為他不但沒有阻撓他，反而時不時在遠處用手杖尖指揮著他的轉身運動。如果父親不發出那難以忍受的噝噝聲該多好啊！格里高爾被這聲音弄得完全無法思考。他差不多快要完全轉過身子了，但灌滿耳朵的噝噝聲把他搞糊塗了，他又往回多轉了一小截。但當他終於幸福地把頭朝向門洞時，卻發現他的身體太寬，無法就這樣穿過門洞。父親在目前的狀態下當然一點也想不起應該打開另外半扇門，給格里高爾製造出一條足夠寬的通道。他唯一不變的想法是必須讓格里高爾盡快進到他的房間裡去。他也絕不會允許格里高爾進行他所需要的麻煩的準備工作，以便立起身，或許以直立的方式通過房門。相反，他提高了嗓門驅趕著格里高爾，似乎障礙並不存在。格里高爾身後的聲音已經完全不像僅僅來自父親一個人了。

如今確實不是在鬧著玩了，格里高爾——不管會發生任何事情——向門洞擠去。他身體的一側拱了起來，他斜著卡在了門洞裡；他的一邊腹部完全擦傷了，白色的門上留下了難看的斑點；很快他就被緊緊夾住，單靠他自己根本無法挪動；一邊的細腿顫抖地懸在空中，另一邊的腿則被痛楚地擠壓到了地面上——就在這時，父親從後面給了他真正意義上的解脫性的重重一擊，他血流如注，飛進了自己的房間深處。房門被手杖猛然撞上，接著終於安靜下來。

2

直到黃昏，格里高爾才從沉沉的昏睡中醒來。其實就算沒有受到干擾，過不了多久他也會自己醒過來的，因為他感到自己已經休息夠了，也睡夠了。不過他覺得自己似乎是被一聲匆忙的腳步聲以及通向前廳的門被小心地關上的響聲喚醒的。路燈的燈光慘白地照射在房間的天花板以及家具的上面，但是下面的格里高爾周圍卻一片漆黑。格里高爾笨拙地用那他現在才知道珍惜的觸鬚試探著，慢慢向房門挪去，想看看那裡發生了什麼事情。他身體的左側似乎整個都成了一道長而不舒服地緊繃著的傷疤，他只能靠那兩排腿一瘸一拐地前行。另外，有一條腿在今天早上的事件中嚴重受傷——只有一條腿受了傷，幾乎算得上是個奇蹟了——而被毫無生氣地拖拽著。

到了門前他才意識到，究竟是什麼把他吸引到了那裡：那是某種可以吃的東西的味道。因為那裡放著一個裝著甜牛奶的食盆，牛奶上漂浮著小塊的白麵包。他高興得差點笑了，因為他現在比早上還要餓，他立刻把頭埋進牛奶裡，牛奶差點淹過眼睛。可是很快他就失望地把頭縮了回去，不僅因為他棘手的左半身讓他進食困難——只有整個身體氣喘吁吁地予以配合，他才能夠進食——而是因為這種他本來最喜愛的飲料，誠然是妹妹因此而放置在這裡的，他現在卻覺得根本不好喝了，是的，他幾乎是厭惡地從食盆前轉過身，向著房間正中爬去。

格里高爾透過門縫看到客廳裡的煤氣燈已經點亮，平常這時候父親會提高嗓門向母親，有時候還有向妹妹，朗讀他下午收到的報紙，現在卻聽不到一點聲音。不過，也許這種妹妹總是在談話中和信中向他提起的朗讀習慣最近一段時間本來就不再經常進行了。然而就連周圍也是那麼安靜，儘管房子裡肯定不是空無一人的。「家人過著多麼寧靜的生活啊！」格里高爾對自己說，他一邊呆呆地盯著眼前的黑暗，一邊對於自己能讓父母和妹妹住上這樣漂亮的房子過上這樣的生活感到十分驕傲。可是如果這所有的安寧、所有的舒適、所有的滿足，如今都要可怕地結束了，又將會怎樣呢？為了不讓自己沉迷於這類想法，格里高爾索性動起來，在房間裡爬來爬去。

在這個漫長的晚上，有一回一扇側門打開了一條小縫，然後又飛快地關上了，另一扇側門也發生過同樣情況，顯然有人打算進來，卻又顧慮重重。格里高爾於是直接守在通向客廳的那扇門邊，決定要設法把那猶豫的來訪者引入房間，或者至少弄清楚那個人是誰。然而現在門再也沒有打開過，格里高爾白白等候著。早上，當房門都被鎖著的時候，所有人都想進到他的房間裡來；現在，他已經打開了一扇房門，另外幾扇門顯然在白天也被打開過，卻沒人再進來，鑰匙從外面插在了鎖眼裡。

直到深夜，客廳裡的燈才熄滅，現在很容易就可以斷定，父母和妹妹到此時為止都還沒睡，因為能夠清楚地聽見三個人此刻正踮著腳尖離去。那麼明早之前肯定不會有人到格里高爾的房間裡來了，他有很長一段時間可以不受干擾地仔細思考，如今他應該如何重新安排他的人生。然而他被迫平躺在這間又高又空的房間的地板上，這房間讓他感到害怕，他卻找不到原因，因為這是他住了五年的房間——一半出於無意識地，他轉過身，並非沒有一絲羞愧地急忙向長沙發底下爬去。在那裡，儘管他的背有點被擠壓著，儘管他的腦袋再也抬不起來，他卻馬上感到非常舒服，他只是有點遺憾，他的身體太寬，不能完全藏到長沙發的下面。

他在那裡待了一整夜，一部分時間在半醒半睡中度過，不斷被飢餓驚醒；一部分時間卻陷入擔憂以及模糊的希望之中，而一切擔憂和希望最終只指向一個結論：目前他必須保持冷靜，用耐心和對家人最大程度的體諒，使他們能夠承受他在目前的狀態下被迫帶給他們的麻煩。

第二天凌晨，其實幾乎還是夜裡，格里高爾就有了一個機會去檢驗他剛下的決心是否足夠堅定，因為妹妹從前廳裡打開了房間的門，她幾乎完全穿戴整齊了，正緊張地朝裡張望著。她沒有立刻發現他，但當她察覺到在長沙發底下的他時——天哪，他應該在什麼地方才對，他不可能飛走了吧——她嚇壞了，以至於情不自禁地又把門從外面「砰」地關上了。但是她似乎對自己這樣的舉動感到後悔，馬上重新打開門，踮著腳尖走了進來，就像是來看一個重病的人或者甚至是一個陌生人一樣。

格里高爾把頭伸到接近長沙發邊緣的地方，觀察著她。她會不會覺察到他沒有動過牛奶，而且絕對不是因為不餓？她會不會去拿些更適合他吃的食物進來？如果她不是自發地去這樣做的話，那麼他寧可餓死，也不會去提醒她，儘管他其實有強烈的衝動，想從長沙發下面衝出去，俯身在妹妹的跟前，懇求她給自己拿點好吃的東西來。

但妹妹立刻驚訝地注意到了那個還是滿滿的食盆，只有一點牛奶灑到了食盆的周邊，她立即拿起食盆，但並不是用手，而是墊著一塊碎布，把食盆端出了房間。格里高爾十分好奇她會拿來什麼樣的替代品，他想像著各種不同的情況。但他絕不可能猜到妹妹出於好心真的做了什麼：為了測試他的口味，她給他帶來一堆不同的東西，全部攤放在一張舊報紙上。那裡面有半腐爛的不新鮮的蔬菜，有晚飯時剩下的、裹在已經凝固的湯汁裡的骨頭，有幾粒葡萄乾和杏仁，有一塊格里高爾在兩天前說過無法下嚥的乳酪，還有一塊乾麵包、一塊抹了黃油的麵包，以及一塊抹了黃油和鹽的麵包。除了這些東西，她還擺了一個很可能被指定為格里高爾專用的食盆，在食盆裡放了水。出於體貼，她知道格里高爾不會當著她的面吃這些東西，因此匆忙地離開了，還轉動鑰匙，讓格里高爾明白，他可以隨心所欲、舒舒服服地進食了。

現在到了吃飯的時候，格里高爾的細腿一起奔走起來。此外，他的傷應該已經痊癒，他不再感覺到任何不方便，對此他覺得驚訝，想起一個多月前，自己用刀把手指割傷了一點點，直到前天都還讓他痛得厲害。「難道我現在沒那麼敏感了嗎？」他一邊想，一邊已經貪饞地吸吮起那塊乳酪來，在所有食物中，這塊乳酪立刻強烈地吸引了他。他雙眼含著滿足的眼淚，迅速地一樣接一樣地吃掉了乳酪、蔬菜和湯汁，相反，那些新鮮的食物並不合他的口味，他連它們的氣味都無法忍受，他甚至還把那些想吃的東西拖到了遠一點的地方去吃。

當妹妹慢慢地轉動鑰匙，作為讓他回避的信號時，他已經吃完飯好一會兒，正懶洋洋地躺在原處。那聲音讓他立刻驚跳起來，雖然他都快睡著了，他急忙又回到了長沙發的下面。但就算是妹妹在房間裡停留的短短的時間裡，他也需要很強的克制力，才能一直待在長沙發底下，因為他的身體由於充足的食物而鼓了起來，在那狹窄的空間裡他幾乎無法呼吸。他憋得快要窒息了，用有點前突的眼睛看著一無所知的妹妹怎樣用掃帚不僅把那些殘羹，而且甚至連同那些格里高爾根本沒碰過的食物掃在了一起，似乎連這些食物也變得不再有用了；看著她怎樣把這些東西倉促地抖進一個桶裡，用木頭蓋子蓋好，然後把桶子提了出去。她一轉過身，格里高爾就已經從長沙發下鑽了出來，伸展著腰身，讓自己的身體膨脹開來。

格里高爾每天都以這樣的方式獲得他的食物，一次在早上，當父母和女傭還在睡覺的時候；第二次是在大家吃完午飯之後，因為這時父母也會睡一會兒，而女傭則會被妹妹指使出門去辦點事。父母當然也不想讓格里高爾餓死，但也許他們無法忍受親眼看見他吃東西，光聽就夠了；也許妹妹只是不想讓他們為這樣的小事傷心，因為事實上他們已經夠受罪的了。

在那第一天的上午，大家是用什麼樣的藉口讓醫生和鎖匠離開住宅的，格里高爾根本無法獲悉，由於他的話別人聽不懂，所以沒人會想到，即便妹妹也想不到，他能夠聽懂別人的話。因此當妹妹在他的房間裡時，他只能滿足於聽到她偶爾發出的歎息以及對上帝的呼喚。直到後來，當她對一切都稍稍習慣了的時候——要完全習慣當然是永遠也沒辦法的——格里高爾有時才能夠捕捉到一句友善的或者可以解釋為友善的評語。當格里高爾賣力地把食物吃光了的時候，她會說：「他覺得今天的飯好吃。」而在日益頻繁出現的相反的情況下，她通常則會憂傷地說：「又是什麼都沒動過。」

在格里高爾無法直接獲悉新消息的同時，他卻從隔壁房間偷聽到了好些消息，只要一聽到聲音，他就立即跑到發出聲音的那扇門前，把整個身體緊靠在門上。尤其在頭幾天，沒有一次談話不在某種程度上涉及到他，即便只是以隱祕的方式。整整兩天，每次吃飯的時候他都會聽到關於現在應該怎麼辦的討論。但即便是在飯餘時間大家也談論著相同的話題，因為總是至少有兩個人在家，而這大概是由於沒人願意獨自待在家裡，而家裡又無論如何不能沒有人的緣故。那個女傭——對於發生的事情她知道什麼、知道多少，他並不完全清楚——也已經在第一天就跪在母親面前，求她立刻辭退自己，當她在一刻鐘之後告別的時候，她流著眼淚感謝受到辭退，似乎這是人家給予她的最大恩惠。而且她還在沒人要求的情況下發了毒誓，保證不會向任何人透露半點消息。

現在妹妹必須和母親合力下廚做飯，不過這件事並不費什麼力氣，因為大家幾乎什麼都吃不下。格里高爾總是不斷聽到一個人徒勞地勸其他人進食，而得到的只是「謝謝，我吃飽了」或者類似的答覆。也許連酒也沒人喝了。妹妹經常問父親是否想喝啤酒，她真心誠意地請求，要自己親自去買，當父親沉默不語時，為了不讓他有任何擔心，她說，她可以讓女管家去買，但是父親最後卻斷然說了個「不」，這件事就再也沒被提起過了。

還在第一天，父親就已經把全部的財產狀況和前景向母親以及妹妹做了說明。他時不時從桌旁站起身，從他的小保險箱裡取出某張單據或者某本帳本，那個保險箱是五年前他在自己的公司倒閉前拯救出來的。可以聽到他如何打開那把複雜的鎖以及在拿出要找的東西之後又如何重新鎖好。父親的這些說明的一部分是格里高爾自從被囚禁以來聽到的第一個令人高興的消息。

他向來以為那家公司沒讓父親留下絲毫積蓄，至少父親從沒跟他講過與此相反的話，不過格里高爾也從沒問過他這個問題就是了。那時，格里高爾的憂慮僅僅是要不惜一切，讓家人忘記那場讓所有人完全陷入絕望的生意上的災難。因此那時他以非同尋常的熱情投入工作，幾乎在一夜之間從一個小夥計變成了推銷員，當然有了完全不同的賺錢機會，業績可以立刻以佣金的形式變成現金，讓他回家放到桌上，使得家人驚訝而欣喜。

那是些美好的日子，以後再沒有出現過，至少沒有以那樣的光彩出現過，儘管格里高爾後來賺了那麼多錢，有能力並且也確實承擔著整個家庭的開銷。不管是家人還是格里高爾，大家都已習以為常：家人感激地接受著那些錢，而他則心甘情願地提供著那些錢，但是不再有一種特別的溫暖感了。只有妹妹還仍然和格里高爾保持著親近，他有一個祕密計畫，想明年把妹妹送去音樂學院，因為不同於格里高爾，妹妹十分喜愛音樂，小提琴拉得很好。他不管這件事需要大筆開銷，而且這筆錢需要透過其他途徑才能賺到。格里高爾在城裡短暫的逗留期間，妹妹在和他聊天時經常提及音樂學院，但總是僅僅作為美好的夢想，要實現是不可想像的，而父母連這無害的提及也不想聽。可是格里高爾非常堅定地盤算著這件事，有意在耶誕節晚上隆重地宣布它。

當他豎起身體緊貼著門偷聽的時候，他的腦海裡會翻騰著這些在他目前的狀態下完全無用的想法。有時候他因為疲倦根本無法傾聽，腦袋會不經意地向門上撞去，但他會即刻重新穩住腦袋，因為哪怕他弄出一點響聲，也會被隔壁聽到而讓所有的人都陷入沉默。「他又在搞什麼名堂？」過一會兒父親會說，顯然已經轉身向著門，然後那被打斷的談話才會又慢慢重新繼續。

現在格里高爾已經充分瞭解到——因為父親經常重複說明，部分是由於他自己已經很久沒有操心過這些事了，部分也是由於母親對這一切不能聽一次就明白——雖然發生了這所有的不幸，家裡仍然有一筆往日留下的小小的財產，在這段時間裡它的利息沒有被動用過，讓這份財產稍有增長。另外，格里高爾每個月拿回家的那些錢——他只給自己留下了幾個零花錢——並沒被全部花光，也已積攢成一筆小小的資本。格里高爾在他的那扇門後用力點著頭，為這種出乎他意料的謹慎和節儉感到高興。其實他原本可以用這筆閒錢進一步還清父親欠老闆的債，而他擺脫這個職位的那一天也會提前很多，但是現在毫無疑問，還是父親這樣的安排更好。

不過要讓一家人靠利息生活，這筆錢還根本不夠。它也許能夠讓全家人維持一年的生活，最多兩年，再久就不行了。這其實只是一筆不能動用、存著以便救急的數目，用於生活的錢還必須去賺。但父親雖然身體還健康，卻已年邁，他已經五年沒有工作過，因此不可能有多大指望；這五年是他辛勞卻失敗的人生中的第一次假期，在此期間他長胖了不少，變得十分遲鈍。那麼難道要讓老母親去賺錢嗎？她患有氣喘，連在家裡走上一圈都感到吃力，每隔一天都會由於呼吸困難而打開窗戶躺在沙發上。難道要讓妹妹去賺錢？她才十七歲，還是個孩子，她迄今為止的生活方式只是穿穿漂亮衣服，睡睡懶覺，幫忙做點家務，參與一兩樣簡單的娛樂活動，尤其是拉拉小提琴——而這才是她應得的生活方式。當談話進行到賺錢的必要性時，格里高爾總是先鬆開門，撲到門邊涼涼的皮沙發上，因為羞愧和悲哀讓他全身火熱。

他經常躺在那張沙發上度過長夜，一刻也睡不著，只是一連幾個小時抓撓著沙發的皮面。或者他會不惜力氣，把椅子推到窗戶前面，然後爬上窗臺，用椅子作為支撐，靠在窗戶上，向窗外張望，顯然只是由於在記憶裡從前這樣做曾經給他帶來過某種解脫感。因為實際上即便離得稍微遠一點的東西他也一天比一天看不清楚了。對面那座醫院，他從前因為老是看到而曾經詛咒過，如今他根本看不見了，如果不是因為確切知道自己住在這條安靜的、完全位於城裡的夏羅登街上，他會認為從他的窗戶裡看到的是一片荒地，那灰濛濛的天空和灰濛濛的大地毫無區別地混在一起了。細心的妹妹在兩次看到那張椅子放在窗戶旁邊之後，每次收拾完房間，都會把椅子又原樣推到窗前，甚至還會讓裡面的那扇窗戶敞開著[2]。

如果格里高爾能跟妹妹說話，感謝她為自己所做的一切，他會更輕鬆地接受她的服務。然而現在他卻因而痛苦。妹妹當然試圖盡可能抹去整件事情中那令人難堪的成分，時間過得越久，她當然也做得越成功，但是隨著時間的流逝，格里高爾也更容易看穿這一切。他已經開始害怕她進到房間裡來了。剛一進門，她就直接朝窗戶跑去，連門都顧不上關，不管她向來如何小心地避免讓任何人看到格里高爾的房間。她用迫不及待的雙手猛地打開窗戶，好像就要窒息一樣，即便天氣很冷，她都會在窗前待上一會兒，深吸幾口氣。她以這樣的走動和聲響每天兩次讓格里高爾受到驚嚇，在這期間他在長沙發下顫抖著，心裡卻非常清楚：如果妹妹能夠做到關著窗戶也能在格里高爾待著的房間裡停留，那麼她肯定會讓他免於這種經歷的。

有一次，大概已經是自格里高爾變形一個月之後，對於妹妹來說應該再沒有特別的理由對格里高爾的外形感到驚訝了，她來得比平常稍微早了一點，正撞到格里高爾在向窗外張望，他一動不動，讓人害怕地直立著。如果她停下來，格里高爾倒不會感到意外，因為他站在那裡妨礙了她立刻打開窗戶；但是她不僅沒有進到房間，反而退了出去並把門關上了。一個陌生人肯定會以為格里高爾一直埋伏在那裡，想要咬她一口。格里高爾當然立刻躲到長沙發下去了，但是他不得不一直等到中午，妹妹才又來了，而且她看起來要比平常緊張得多。因此他瞭解到：她仍然無法忍受看到他，而且必定會繼續無法忍受，她肯定必須非常克制，才能在看到他從長沙發下露出的哪怕一點點身體部位時不掉頭逃跑。為了不讓她看到自己，有一天他把床單馱到長沙發上——做這件事他花了四個鐘頭——並把它擺弄得可以讓自己完全被罩住，妹妹即便彎下腰也看不到他了。如果她覺得這條床單沒必要，那麼她可以把它拿走，因為很顯然：把自己這樣完全封閉起來對格里高爾來說可不是什麼有趣的事情。但她任由床單那樣放著，當格里高爾有一次小心翼翼地用腦袋掀開一點床單，以便查看妹妹對待這個新裝置的態度的時候，他相信自己甚至捕捉到了她的一個感激的目光。

在最初的十四天裡，父母鼓不起勇氣進到他的房間裡來，他經常聽到他們如何

2 在歐洲中部和北部為了保暖，窗戶很多為內外兩層。

盡力稱讚妹妹現在做的事，而以前他們則經常生妹妹的氣，因為對於他們來說她是個沒多大用處的女孩。但如今，當妹妹在格里高爾房間裡收拾的時候，父親和母親兩個人卻常常在門前等候著，她剛一出去，就不得不詳細講述，房間裡是什麼樣子的、格里高爾吃了什麼、他這次舉止又怎樣，以及是不是能看出一小點好轉的跡象。雖然母親想盡量早點去探望格里高爾，但是父親和妹妹先是以合乎情理的理由勸阻了她，格里高爾專心致志地傾聽著這些理由，完全贊同。到後來，大家不得不拚命阻止她。當她接下來叫喊著：「讓我去看看格里高爾，他是我不幸的兒子啊！你們怎麼不明白，我必須去看他？」這時格里高爾就會想：如果母親能進屋來，當然不是每天，但也許一週一次，也許確實滿好的。她對這一切要比妹妹懂得多，妹妹儘管有勇氣卻還只是個孩子，說到底也許僅僅是出於孩子氣的輕率才接受了這樣一份重任。

格里高爾要見母親的願望很快就實現了。白天，就算為父母著想，格里高爾也不願在窗戶旁露面，但在這幾平方公尺的地板上他也沒有太多可爬的；而靜靜的躺臥即便在夜裡也讓他覺得難以忍受；很快他對吃飯也不再感到絲毫樂趣；因此，為了解悶，他養成了在牆上和天花板上縱橫交錯地爬行的習慣。他尤其喜歡掛在屋頂上，那和躺在地板上的感覺完全不同，呼吸更順暢，身體裡會有一陣輕微的震動流過。當格里高爾置身高處，處於一種幾乎算得上幸福的精神渙散的狀態中時，有時他會鬆開腿腳，讓自己「啪」地掉到地板上，讓他自己也感到驚訝。不過他現在對於自己身體的掌控當然跟從前完全不同了，所以即便從這樣高的地方摔下去也不會受傷。

妹妹立刻注意到了格里高爾為自己發明的這種新的娛樂方式——他爬行時會在這裡那裡留下自己黏液的痕跡——於是她開始在腦子裡盤算著要給格里高爾的爬行提供最大的空間，把那些家具，尤其是那個大衣櫃和寫字臺搬走。不過這件事她一個人辦不到，而她又不敢請求父親幫忙；女傭當然是不會幫她的，因為這個大約十六歲的女孩儘管自以前的女廚子被辭掉之後堅強地挺下來了，卻請求允許自己時刻關緊廚房門，只有在特別叫她時才會打開。這樣妹妹沒有別的選擇，只好在有一次父親不在家時請母親幫忙。母親也激動快樂地叫喊著前來了，不過一到格里高爾的房門前，她卻默不作聲了。妹妹當然首先查看了一下房間裡是否一切正常，然後才讓母親進入房間。格里高爾已經非常匆忙地把床單扯得更低，弄出很多褶子來，讓它看起來就像偶然扔在長沙發上。而且這一次格里高爾沒有在床單下偷看，他放棄了這一次看見母親的機會，只是很高興她終究來了。

「進來吧，看不到他的。」妹妹說，顯然正牽著母親的手引領著她。於是格里高爾聽到兩個柔弱的女人怎樣挪動著那張很沉重的舊衣櫃，妹妹又怎樣不聽母親怕她過於勞累的警告，執意獨自承擔著大部分工作。她們搬了很久。大概弄了一刻鐘之後，母親說，還是把衣櫃留在原處好一點，因為第一，它太重，在父親回家前她們搬不走，而這櫃子放在房間正中會每天都擋著格里高爾的路；第二，把家具搬出房間是不是真的會讓格里高爾高興還根本說不定，她覺得正相反；看到這空空的牆壁，她心裡實在憋得慌，為什麼格里高爾就不會有這樣的感受呢？他早就習慣了房間裡的這些家具，所以在空空的房間裡會讓他覺得被遺棄了。「這樣不就是，」母親聲音很輕地總結道，她一直都幾乎是在耳語，似乎連談話的響聲都不想讓她不知道準確位置的格里高爾聽到，因為她確信這些話他聽不懂，「這樣不就是，好像我們想透過搬走家具向他表明，我們放棄了所有恢復的希望，不再考慮他，讓他自生自滅了？我覺得，我們最好盡量讓這房間保持原樣，這樣等格里高爾重新回到我們身邊的時候，就會發現一切都沒變，會更容易把這段日子忘掉的。」

聽到母親的這些話，格里高爾意識到：在這兩個月裡，由於缺少與人類的直接交流，加上處在家中這種單調的生活裡，他的理智肯定已經混亂了，否則他無法解釋他竟然會真心渴望自己的房間被搬空。他真的願意讓人把這間溫暖的、用祖傳家具舒適地布置起來的房間變成洞穴嗎？在這個洞穴裡他誠然可以不受阻礙地四處爬行，同時卻也會迅速徹底地忘記他身為人類的過往。如果他現在已經快要忘了，那麼是這很久不曾聽到過的母親的聲音喚醒了他。什麼都不應該搬走，一切都必須留下。他不能缺少這些家具對他現狀的良好作用；如果這些家具妨礙了他那無意義的來回爬行，那麼這不是壞事，而是一大優點。

但遺憾的是妹妹並不這麼想。她已經習慣了在談到有關格里高爾的事情時在父母面前表現出專家的樣子，不過這也並非完全不合理。此刻母親的建議對於妹妹來說也足以成為理由，讓她堅持不僅要搬走最初只考慮到的衣櫃和寫字臺，而且還要把所有的家具都搬走，只留下那張不可缺少的長沙發。她提出這樣的要求，當然不僅僅出於孩子氣的固執以及在最近一段時間裡她那樣意外而艱難地獲取的自信，實際上她也確實觀察到，格里高爾需要很多爬行的空間；相比之下，那些家具起碼看起來沒有絲毫用處。不過這也許跟她那個年齡的女孩那種過度熱烈的情感有關係，這情感一旦有了機會就會尋找滿足，而葛蕾特此時正被這情感誘惑著，想把格里高爾的情形弄得更加嚇人，然後自己就能夠為他做更多的事情，比迄今為止所做的還要多。因為一間只有格里高爾獨霸著空空四壁的房間，大概除了葛蕾特，任何時候都不會有其他人敢於進入。

因此她不讓自己的決心被母親動搖，母親在這間房間裡也由於心神不寧而顯得不那麼自信，她馬上不說話了，盡全力幫助妹妹把衣櫃搬出去。不過，如果逼不得已，這衣櫃格里高爾還可以不要，寫字臺卻必須留下。兩個女人剛氣喘吁吁地推著衣櫃離開房間，格里高爾就已經把腦袋從長沙發下伸了出來，看看他怎樣才能小心謹慎、盡量妥善地對此事加以干涉。但不幸的是，先回來的偏偏是母親，葛蕾特這時則在隔壁房間抱著衣櫃搖晃著，當然，無法使它移動分毫。但母親還沒習慣格里高爾的樣子，他會把她嚇出病來的，因此格里高爾驚恐地急忙倒退到了長沙發的另一端，卻無法阻止床單的前端稍稍動了一下。這已足夠引起母親的注意了。她停住腳步，靜靜地站了片刻，然後就回到葛蕾特那裡去了。

儘管格里高爾不斷對自己說，只是搬動幾件家具而已，並沒出什麼不尋常的大事，但很快他就不得不承認，女人在這裡來回走動、她們輕聲的呼喚、家具在地板上的摩擦，這一切給他的感覺就像是一場從四面八方逼近的巨大喧囂。不管他怎樣用力把頭和腿縮成一團、怎樣把身體緊緊貼在地板上，他都無法不對自己坦白：這一切他再也忍受不住了。她們正在搬空他的房間，拿走所有他喜愛的東西。那個存放著鋼絲鋸和其他工具的衣櫃，她們已經搬出去了；此刻她們正在鬆動那張已經牢牢嵌入地板的寫字臺，他上商學院、上中學，甚至還在上小學時就一直在這張寫字臺上寫作業——這時他真的沒時間去探討兩個女人的好意了，另外他連她們的存在也已經完全忘記，因為她們已經筋疲力竭，光是搬動，不再說話，只能聽到她們那沉重的腳步聲。

於是他突然竄了出來——兩個女人正在隔壁房間裡靠著那張寫字臺，好稍微喘口氣——換了四次奔跑的方向，他真的不知道應該先拯救什麼。這時他看見了那幅穿戴著全副皮革的女士的畫，醒目地掛在那面已經空了的牆上，他急忙爬了上去，身體緊貼著玻璃，玻璃支撐著他，讓他火熱的肚子覺得很舒服。至少這幅此刻完全被格里高爾遮住的畫沒人能拿走了。他把頭轉向客廳的門，以便兩個女人回來時能看到她們。

她們沒有給自己太多休息的時間，很快就回來了。葛蕾特用手臂挽著母親，幾乎是在抬著她。「那我們現在搬什麼呢？」葛蕾特說著，舉目四顧。這時她的目光和牆上格里高爾的目光相遇了。大概只是因為母親在場她才保持了鎮靜，她把臉轉向母親，以阻止她四下觀望，用顫抖的聲音不加思索地說：「走吧，我們還是回客廳再待一會兒吧？」格里高爾清楚葛蕾特的意圖，她想把母親領到安全的地方，然後把他從牆上轟下去。那麼，就讓她試試好了！他坐在自己的畫上，不會讓步。他寧可跳到葛蕾特的臉上去。

但是葛蕾特的話反而讓母親真的不安起來，她走到一旁，一眼瞥見印花壁紙上那塊巨大的褐色印記，還沒等她回過神意識到她看見的就是格里高爾，就用沙啞的嗓音大叫起來：「哦上帝，哦上帝啊！」然後，似乎對一切都死了心一樣，她張開雙臂倒在長沙發上，一動不動了。「你，格里高爾！」妹妹舉著拳頭叫道，緊緊地盯著他。這是自變形以來她直接對著他說的第一句話。

她跑向隔壁房間，去取能夠讓昏迷的母親甦醒過來的某種香精。格里高爾也想幫忙——要拯救那幅畫還有時間——可是他緊緊地黏在了玻璃上，不得不費了很大的力氣才脫身。接著他也向隔壁房間跑去，彷彿他能夠像以前一樣，給妹妹提點建議似的，但只能無所事事地立在了她的身後，讓在不同的小瓶子當中翻來翻去的妹妹，轉過身來的時候被他嚇了一跳。一個瓶子跌落在地上，摔碎了；一片玻璃碎片劃破了格里高爾的臉，某種腐蝕性的藥物在他四周流淌著。葛蕾特沒有多作停留，她拿了能拿得了的所有瓶子，抱著那些瓶子向母親奔去，並用腳把門撞上。現在格里高爾和母親隔開了，由於他的過錯，她可能瀕臨死亡。他不可以打開房門，不想把必須待在母親身邊的妹妹嚇跑。此刻他除了等待，沒別的事可做。在自責和擔憂的壓迫之下，他開始爬動，他什麼都爬，牆壁、家具以及天花板，最後在絕望之中，當整個房間都開始繞著他旋轉起來的時候，他摔到了那張大桌子的正中央。

有那麼一小會兒，格里高爾無力地躺在那兒，四周一片寂靜，也許這是個好信號。這時響起了敲門聲。女傭當然把自己關在了廚房裡，因此葛蕾特必須去開門。父親回來了。「出什麼事了？」這是他的第一句話。葛蕾特的表情肯定已經向他透露了一切。葛蕾特顯然把臉靠在了父親胸前，她悶聲回答道：「母親昏倒了，不過已經好些了。格里高爾跑出來了。」「我就料到會這樣，」父親說，「我老是跟你們說，你們這些女人就是不肯聽。」格里高爾清楚：父親對葛蕾特過於簡短的消息做了錯誤的闡釋，他認為格里高爾做出了某種暴力行為。因此格里高爾此刻必須嘗試安撫父親，因為他既沒時間也沒可能向他解釋。於是他朝著自己的房門逃去，扒在門上，好讓父親一進到前廳就能看見，格里高爾有著最良好的願望，想馬上回到自己的房間裡去，沒有必要動手把他轟回去，只需把房門打開，他立刻就會消失。

但父親可沒心情去注意這些細枝末節。「啊！」他一進門就用一種似乎既憤怒又高興的聲調喊道。格里高爾把頭調離房門，抬起來望向父親。他實在沒想到父親會是此刻站在那裡的這副模樣。

最近一段時間裡由於這新式的到處爬行，他固然疏忽了，沒有像從前那樣去關心住宅裡其他地方發生的事情，他本應有心理準備會碰到變化的情況。儘管如此，

儘管如此，那還是父親嗎？這同一個男人，從前當格里高爾動身出差的時候，還疲憊地深陷在床上；晚上他穿著睡袍窩在躺椅上迎接格里高爾歸來，根本無力真正起身，僅僅抬抬手臂表示高興；在每年的幾個星期天以及最重要的節日裡全家難得一起散步時，他夾在格里高爾和母親之間，比本來就已經走得慢的母親走得還要慢；他裹在他那件舊大衣裡，自始至終小心翼翼地拄著拐杖艱難前移著，如果他想說話，幾乎總會站住不動，讓他的同行者圍著他。現在他卻站得筆直，身穿一件繃得緊緊的帶金鈕扣的藍色制服，像是銀行雜役穿的衣服，那高高的硬挺的外套領口上露出了明顯的雙下巴，濃密眉毛下的黑眼睛裡射出鮮活專注的目光，一頭一向凌亂的白髮梳成一個精確得讓人難堪而亮閃閃的偏分髮型。

他把他那鑲著一個金色花押字（大概是一個銀行的標記）的帽子拋出一道弧線，穿過整個房間，扔到了長沙發上，然後撥開制服長外套的下襬，雙手插進褲子的口袋裡，滿臉憤怒地朝著格里高爾走來。可能他自己都不知道他打算做什麼。總之他把腳抬得異乎尋常地高，格里高爾對他那靴子底的巨大尺寸感到驚訝。然而他並未因此而做停留，從他新人生的第一天開始他就知道，對於他的事情，父親認為只能以最嚴厲的態度來對待才合適。因此他趕快從父親面前跑開，當父親站住時，他也停下，只要父親一動，他就又急忙向前。他們就這樣在房間裡轉了好幾圈，沒有發生任何關鍵性的事件，由於他速度緩慢，甚至都看不出來有人在追趕他。格里高爾暫時留在了地板上，尤其因為他害怕逃到牆上或者天花板上會讓父親覺得他懷有特別的惡意。不過格里高爾不得不告訴自己，即便這樣的奔跑他也無法長久堅持，因為父親只需要邁出一步，他卻必須做出無數個動作。他已經明顯開始覺得喘不過氣來了，而他從前也不曾擁有過可以完全信賴的肺。

他就那樣蹣跚著，以便聚集所有的力量用於奔跑；他幾乎連眼睛都不睜開，遲鈍得根本想不到除奔跑之外其他的救命方法，也幾乎忘了他還有牆壁可以利用，不過這裡的牆壁前堆滿了精心雕刻的鑲滿鋸齒和尖頂的家具——這時一個什麼東西輕輕旋轉著，緊擦著他飛過，落到地上，滾到了他面前——那是一個蘋果。緊接著第二個蘋果又朝他飛來。格里高爾嚇得站住了，繼續奔跑是沒用的，因為父親下定決心要轟炸他。他從餐具櫃上的水果盤裡拿出水果把自己的口袋裝滿，此刻正一個接一個地扔著蘋果，並不好好瞄準。這些小小的紅蘋果像通了電一樣在地板上滾來滾去，互相碰撞。一個扔得輕些的蘋果劃過格里高爾的背部，然而沒對他造成傷害就掉下去了。相反，緊跟著飛來的另一個蘋果卻實實在在地嵌入格里高爾的背上。格里高爾想要拖著蘋果走開，似乎換個地方就能夠擺脫這突如其來的不可思議的疼痛，但他覺得自己像是被釘住了似的，神志不清地癱倒在地。只是最後那一眼，他看到了他的房門怎樣被推開，母親怎樣急匆匆地趕在尖叫的妹妹前面走了出來，她只穿著內衣，因為妹妹為了讓她在昏迷中能夠呼吸順暢，把她的上衣脫掉了；接著母親怎樣跑向父親，一路上她解開了帶子的裙子怎樣一件接一件地滑到地板上，她又怎樣被裙子牽絆著跌跌撞撞地撲向父親，抱住他，緊緊靠在他懷裡——但這時格里高爾的視力已經不行了——，雙手捧著父親的後腦勺，請求他饒了格里高爾的性命。

3

那個折磨了格里高爾一個多月的嚴重創傷——因為沒人敢拿掉那個蘋果，它留在了他的肉裡，成為一個看得見的紀念品——似乎讓父親也想起來，雖然格里高爾目前的外形又可悲又可憎，他仍然是家庭成員之一，不可以像對待敵人一樣對待他；出於家庭義務的準則，對他應該強咽厭惡，保持忍耐，除了忍耐，別無他法。

儘管如今格里高爾由於他的創傷很可能永遠失去了行動能力，眼下就像一個老年殘障人士一樣，需要很長很長的時間才能橫穿他的房間——爬高已經無法想像——但他認為他為自己狀況的惡化獲得了完全充足的補償：接近傍晚時，客廳的門打開了——他通常會提前一兩個小時，一直密切地關注著這扇門——這樣他就可以躺在自己房間的黑暗裡，讓客廳裡的人看不到他，而他卻可以看見坐在點著燈的桌旁的全家人，並在某種程度的共同認可下傾聽他們的談話，這一點完全不同於以前。

這當然再也不是從前那種生氣勃勃的閒談了，從前當格里高爾在狹小的旅館房間裡不得不疲憊地撲到潮溼的被褥上時，他常常會帶著幾分渴望想起那些閒談。現在他們大部分時候都很沉默。父親吃完晚飯馬上就躺在他的扶手椅裡睡著了；母親和妹妹相互告誡要保持安靜；母親把頭低低埋到燈光下，為一家時裝店縫製精緻的內衣；找到一份售貨員工作的妹妹，晚上要學習速記和法語，以便以後哪天也許會獲得更好的職位。有時候父親醒過來，似乎根本不知道自己已經睡了一覺，他會對母親說：「你今天又縫了這麼久啊！」然後立刻又睡著了，這時母親和妹妹就會神色疲倦地相對微笑。

即便在家裡，父親也固執地拒絕脫掉制服。他的睡衣毫無用處地掛在衣櫃裡，他卻穿戴整齊地在他的座位上打著瞌睡，似乎隨時準備著要去上班，即便在這裡也在等著聽到上司的指令。因此儘管有母親和妹妹精心護理，這套從一開始就不新的制服還是漸漸不再潔淨，格里高爾經常整個晚上都看著這套汙跡重重的制服，上面那時常擦拭的金鈕扣閃閃發亮，老頭子穿著它，十分不舒服卻仍然安穩地睡著。

時鐘一敲響十點，母親就會試著輕聲喚醒父親，然後說服他上床去睡覺，因為在這裡睡可不是真正的睡眠，而真正的睡眠對於六點鐘就得上班的父親來說分外必要。但是父親自從成為雜役以後變得很固執，他總是堅持要在桌旁再待一會兒，儘管他經常又睡著了，因此只能用盡力氣才能說服他離開椅子睡到床上。不管母親和妹妹怎樣溫柔地告誡他、逼迫他，長達一刻鐘之久，他都會搖著頭，閉著眼睛，就是不起身。母親抓著他的袖子，對著他的耳朵說著恭維的話，妹妹放下自己手裡的工作去幫助母親，但是父親並不買帳，他只是在椅子裡陷得更深了。直到兩個女人把手伸到他的胳肢窩下，他才睜開眼睛，來回看看母親和妹妹，通常他會說：「這就是生活。這就是我老年的安寧。」他被兩個女人架著，頗費周折地站起身，彷彿他本人就是自身最大的負擔，他任由她們把他領向房門，在那裡揮手擺脫她們，獨自繼續向前走去；而母親則會急忙扔下針線、妹妹扔下筆，好跟在父親身後繼續幫助他。

在這個筋疲力竭、困頓不堪的家庭裡，除了絕對必要，誰有時間去為格里高爾操更多的心呢？家庭開支不斷縮減，女傭還是被解雇了，一個身形巨大、骨瘦如豺、滿頭白髮招展的打雜女工每天一早一晚到家裡來接受妹妹差遣。其他的一切都由母親在做完一大堆針線活之餘完成。甚至連母親和妹妹以前在娛樂活動和節慶時十分開心地佩戴過的各種家傳首飾也被賣掉了，這是格里高爾晚間從關於變賣價錢的談話裡得知的。然而最大的困擾卻總是，大家沒法離開這套就現狀而言過於寬敞的住宅，因為實在想不出該怎麼搬遷格里高爾。

但格里高爾很清楚，他們之所以不搬家不僅是因為考慮到他，因為他很容易用一個大小合適、有幾個透氣孔的箱子加以運輸。妨礙家人換住宅的主要理由，更多是那完全的絕望以及想到自己遭遇到了不幸的念頭，這份不幸是整個親戚朋友圈裡沒人經歷過的。

這個世界要求窮人做的事情，他們都做到了極限。父親為銀行小職員取早餐，母親為陌生人的內衣犧牲自己，妹妹在櫃檯後面按照顧客的命令跑來跑去，但更多的，家人就力不能及了。當母親和妹妹把父親送上床之後，她們回到原位，放下手裡的工作，靠得很近，差不多臉靠著臉地坐著；當這時母親指著格里高爾的房間說：「把那裡的門關上吧，葛蕾特」；當格里高爾重新處於黑暗之中，而隔壁的女人並肩流著淚，或者甚至連眼淚都沒有，只是呆呆地盯著桌子時，格里高爾背上的傷口便開始像新的一樣疼痛起來。

格里高爾幾乎不眠不休地度過每一日每一夜。有時候他會想，在下一次房門打開時，把家裡的事物像從前那樣完全接管過來；很久以來，他的腦海裡再次出現了老闆和代理，那些員工和學徒，那個反應遲鈍的聽差，在其他公司工作的兩三個朋友，一個鄉下旅館的女服務生，一份可愛而短暫的記憶，他曾認真卻過於緩慢地追求過的一家帽子店的女收銀員——這些人統統出現了，夾雜在那些陌生人和被遺忘的人之中。然而他們都那麼不可企及，不會來幫助他和他的家人，當他們消失時，他覺得高興。

可是後來他就根本沒有心情去為家人擔憂了，照料不周讓他滿腔怒火，儘管想不出自己想吃什麼，他仍然計畫著怎樣能夠進到食物儲藏室，到那裡去拿取他應得的東西，即便他根本不餓。如今妹妹不再仔細考慮怎樣可以讓格里高爾格外高興，早上和中午去工作之前，她總是匆忙地用腳把隨便什麼飯菜踢進格里高爾的房間，到了晚上，掃帚一揮就把它掃出了房間，不在乎食物是被吃光了，還是——大多數情況下都是——根本沒動過。她現在總是在晚上收拾房間，快得不能再快。牆上布滿一條條骯髒的印記，到處都是灰塵球和垢物。

起初，當妹妹到來時，格里高爾故意待在一個特別骯髒的角落裡，用這樣的方式在某種程度上表達他的不滿。不過就算他在那裡待上幾個星期，妹妹也不會有所改進的。她跟他一樣，清楚地看見了那些骯髒，但是她也下定了決心不去理會它們。同時她還以一種對她而言全新的、完全支配了全家人的敏感留意著，收拾格里高爾的房間是屬於她一個人的特權。

母親有一回對格里高爾的房間進行了大清掃，用光了好幾桶水才弄完——不過這過度的潮溼讓格里高爾感到不適，他仰面朝天、氣呼呼、一動不動地躺在長沙發上——但母親沒有逃過懲罰。因為到了晚上，妹妹剛一發現格里高爾房間裡的變化，就像受了奇恥大辱一樣跑進客廳，不管母親舉手哀求，嚎啕大哭起來。父母——父親當然被嚇得從扶手椅裡跳了起來——先是驚訝而無助地看著她，接著他們也開始行動。父親對著右邊埋怨母親沒有把清掃的任務留給妹妹；又對著左邊朝妹妹怒吼，再也不准她打掃格里高爾的房間了；母親則試圖把激動得不能自已的父親拽進臥室；哭得全身顫抖的妹妹用小小的拳頭敲打著桌子；而格里高爾則憤怒地大聲嘶叫著，因為居然沒人想起要把門關上，讓他免於看到、聽到這一切。

但即便妹妹由於工作而疲憊不堪，厭倦了像以前那樣去照顧格里高爾，母親也完全不必因此取代她，而格里高爾也無需遭到忽視，因為現在有了打雜女工。這個老寡婦，在她漫長的人生中必定是依靠健壯的骨骼挺過了最壞的遭遇，她其實並不憎惡格里高爾。一次，並非出於好奇，她打開了格里高爾房間的門，看到格里高爾時——因為他完全沒料到，所以儘管沒人追著他，也開始亂跑起來——她雙手握在胸前，驚訝地站住了。從此她就總是每天一早一晚匆匆忙忙地把房門打開一點點，朝裡面看看格里高爾，從不錯過。一開始她用很可能是自認為友善的言語招呼他到自己跟前來，比如：「過來呀，老糞金龜！」或者：「瞧瞧這老糞金龜！」對於這一類招呼，格里高爾不會理睬，他一動不動地待在原處，彷彿房門根本沒被打開一樣。家人本應命令這個女工每天打掃他的房間，而不是隨心所欲地無謂打擾他！一天清晨——一陣大雨敲打著窗戶，也許已經是春天來臨的訊息——女工再次以她的語調開始講話時，格里高爾實在怒不可遏，他像要進攻一樣轉向了她，不過動作緩慢而無力。女工卻並不害怕，只是高高舉起一張位於房門旁邊的椅子，她大張著嘴站在那裡，意圖很明顯：直到她手裡的椅子落到了格里高爾背上，她才會把嘴閉上。「不想再過來點了？」她問。當格里高爾重新轉過身去的時候，她才冷靜地把椅子放回角落裡。

格里高爾現在幾乎什麼都吃不下了。只有偶然經過那些準備好的食物時，他才會咬一口，權且當作玩耍，在嘴裡含上好幾個小時，然後大部分情況下又重新吐出來。一開始他以為自己吃不下東西是因為對他房間的現狀感到傷心，但他很快就接受了的，恰恰是這房間裡的改變。大家已經習慣把其他地方無法堆放的東西放到這間屋子裡，而這樣的東西現在有很多，因為住宅的一間屋子出租給了三個房客。這些嚴肅的先生——三個人都長著落腮鬍，這是格里高爾有一次透過門縫發現的——對於整潔的要求一絲不苟，不僅針對他們住的房間，而且由於他們既然已經租住了進來，也針對整個家務，也就是說特別針對廚房。他們無法忍受沒用的破爛，更別說髒東西了。另外他們帶來了大部分家具。這樣一來，很多東西變得多餘了，這些東西雖然賣不出去，大家卻不想扔掉。所有這些東西都跑到了格里高爾的房間裡。廚房裡的灰桶以及垃圾桶也是如此。凡是目前用不上的東西，都被那個總是在趕時間的女工直接搬到了格里高爾的房間。慶幸的是，格里高爾大多數時候只看得見那些東西以及拿東西的手。女工可能本想在有時間、有機會的時候，再把這些東西拿走或者一次把它們全部扔掉，但實際上這些東西都留在了它們最初被扔進來的地方，除非格里高爾爬過那些廢物，讓它們移動了位置。起初他是被迫這麼做的，因為沒有其他地方可供他爬行，後來他對於這件事的樂趣卻與日俱增，儘管在經歷過一次那樣的旅行之後他會累得要死，悲哀得要死，又會一動不動地躺上好幾個鐘頭。

由於房客有時會在共用的客廳裡用晚餐，在那些晚上，客廳的門也就保持了關閉的狀態，但是格里高爾非常輕鬆地放棄了開放的房門，好幾個房門開著的晚上他都沒有充分利用了，而是躺在房間裡最昏暗的角落，家人對此並未覺察。可是有一次女工把通向客廳的門打開了一點點，當房客晚上進到客廳，點亮了燈，那扇門仍然開著。他們坐在桌子上首，從前父親、母親和格里高爾坐的地方，展開餐巾，拿起刀叉。母親立刻捧著一碗肉出現在門口，妹妹則端著一碗疊得高高的馬鈴薯緊跟在她身後。食物冒著騰騰的熱氣。房客向放在他們面前的碗躬下身去，似乎要在吃飯之前對食物加以檢查，坐在正中、看起來在其他兩位心中很有權威的那位也果然切開了碗裡的一塊肉，顯然是要確認那塊肉是不是煮爛了，是不是要把它重新打回廚房。他滿意了，在一旁緊張地觀看著的母親和妹妹這才鬆了一口氣，露出微笑。

家裡人自己在廚房裡吃飯。儘管如此，父親在去廚房之前會走進客廳，手裡拿著帽子鞠一躬，繞著桌子轉一圈。房客則會全部站起身，對著鬍子嘟囔幾句。等到只剩下他們之後，他們開始幾乎完全緘默地吃起飯來。讓格里高爾覺得奇特的是，從五花八門的進食聲中總是能不斷聽出他們在用牙齒咀嚼，似乎要以此向格里高爾顯示：吃飯必須有牙齒，即便擁有最漂亮的腮幫，沒有牙齒也無濟於事。「我想吃東西，」格里高爾十分擔心地對自己說，「但不是這些東西。像這幾個房客的吃法，我會死掉的！」

正是在這個傍晚——格里高爾不記得其他時間曾經聽過小提琴的聲音——廚房裡響起了小提琴的聲音。

房客已經吃完晚飯，中間的那位拿出報紙，分給另外兩位一人一張，此刻他們靠在椅子上，讀著報紙，抽著菸。小提琴剛開始演奏就引起了他們的注意，他們站起身，踮著腳尖走向前廳門，一個擠著一個地站在了那裡。

家人一定是在廚房裡聽到了他們的響動，因為父親叫道：「演奏讓諸位先生覺得不舒服了嗎？馬上就可以停止。」「正相反，」中間的那位先生說，「小姐不想到我們這兒來，在客廳裡演奏嗎？這裡可是更方便、更舒服啊！」「哦，謝謝。」父親喊道，好像是他在拉小提琴一樣。房客回到客廳，等待著。

很快，父親拿著琴譜架，母親拿著琴譜，妹妹拿著小提琴過來了。妹妹平靜地準備著演奏，以前從未出租過房間、因此對待房客客氣得過了頭的父母根本不敢坐到他們自己的椅子上；父親靠在門上，右手插在扣緊了的制服外套上的兩個鈕扣之間；母親卻受到一位租客的邀請，坐到了角落裡的一張椅子上，因為租客隨手把椅子放在了那裡，而她也沒有去移動它。

妹妹開始拉琴；父親和母親從各自的角度全神貫注地追隨著她的手的動作。格里高爾受到演奏的吸引，大膽地稍微向前移了一點，他的腦袋已經進到了客廳裡。自己這段時間對其他人那麼不體諒，他幾乎毫不驚訝，而以前這種體諒是讓他引以為傲的。雖然現在他更應該躲起來，由於他房間裡遍布灰塵，稍微動一下就會四處飛揚，他也完全被灰塵籠罩了；他的背上和腰上攜帶著線頭、頭髮以及食物的殘渣；他對一切都無所謂，已經不像從前那樣，會每天多次仰躺在地毯上摩擦自己的身體。而儘管處於這種狀態，他也毫不畏懼地向那一塵不染的客廳地板爬了一截。

不過也沒人去留意他。家人的注意力完全被小提琴演奏占據了；相反，房客先是手插在褲袋裡，站在琴譜架後面過於靠近的地方，好像要都能看清琴譜一樣，卻一定妨礙了妹妹；很快他們便垂著頭、低聲交談著退到窗旁，並在父親擔憂的眼光的注視下，留在了那裡。

這情景實在明顯不過，似乎他們本來期望聽到一段美好或者輕鬆的提琴演奏，卻失望了，對整個表演厭煩了，僅僅出於禮貌才任由自己的安靜被攪擾。尤其是他們把雪茄的煙從鼻子裡和嘴裡噴向空中的樣子，讓人看得出他們很不耐煩。

但是妹妹拉得那麼好。她的臉側向一邊，目光專注而憂傷地追隨著琴譜上的音符。格里高爾又向前爬了一截，把腦袋緊貼在地板上，以便有可能接觸到她的目光。

音樂讓他如此震撼，他是動物嗎？他覺得一條通往那渴望卻未知的食物的道路似乎展現在了自己面前。他下定決心要一直挺進到妹妹跟前，去拉扯她的裙裾，以此向她示意：她可以帶著她的小提琴到他的房間去，因為這裡沒人像他那樣看重這演奏。他不願意再讓她走出他的房間，至少只要他還活著就不願意；他那嚇人的外表應該第一次派上用場；他想同時出現在自己房間所有的門口，向入侵者怒吼；但妹妹應該不是被迫，而是出於自願留在他身邊；她應該挨著他坐在長沙發上，耳朵垂向他，他想向她坦白，他曾經打定主意要送她去音樂學院，如果不是這期間遭遇了不幸，他已經在上個耶誕節——耶誕節已經過了吧？——向所有人宣布這個計畫了，任何反對意見他都會置之不理。在這番傾訴之後，妹妹會感動得流下眼淚，格里高爾會抬起身，直到她的胳肢窩處，親吻她自從工作之後就不再繫絲巾或穿硬領的裸露的脖子。

「薩姆沙先生！」中間那位房客對父親喊道，用食指指著慢慢向前移動著的格里高爾，並不多說一個字。小提琴聲戛然而止，中間的房客先是搖頭對他的兩個朋友笑了笑，然後又看向格里高爾。儘管房客一點都沒有不安，而且看起來好像對格里高爾比對提琴演奏更感興趣，父親似乎仍然認為更有必要先安撫好房客，而不是趕走格里高爾。

他急忙向房客走去，張開雙臂試圖逼他們回到自己的房間，同時用身體擋住他們投向格里高爾的視線。現在他們確實有點生氣了，不知道是由於父親的舉止還是由於他們現在才發現，自己還有格里高爾這樣一位鄰居，而他們並不知情。他們要求父親加以解釋，他們舉起手臂表示抗議，他們急躁地拉扯著自己的鬍鬚，只是緩慢地向著自己的房間退去。

這期間，妹妹已經從演奏突然終止所帶來的失落感之中恢復過來，有一陣，她無力地垂著雙手，手裡拿著提琴和琴弓，好像還在演奏一樣繼續看著琴譜；這時她突然振作起來，把樂器放到母親——她還坐在椅子上，呼吸困難，激烈地喘息著——懷裡，向隔壁房間跑去，那三個房客在父親的推攘之下也已加快了回到隔壁房間的速度。看得到在妹妹熟練的手裡床上的床單和墊子如何在空中飛舞，如何各就各位。還沒等租客到達房間，她已經鋪好了床，溜了出去。

父親似乎又深陷在固執之中，以至於完全忘了自己對於房客應有的尊重。他死命地又推又攘，直到已經站在門口的中間的租客跺著腳咆哮起來，才讓父親停了下來。「在此我宣布，」那個房客說道，他抬起手，把目光也同時投向母親和妹妹，「鑒於這套住宅以及這家人令人作嘔的情況，」——這時他果斷地朝地上啐了一口——「我要立刻解除租約。當然，我在這裡住過的那些天的房租，我一分錢都不會付，相反，我將考慮是否會要求您加以賠償，理由——相信我——很容易就能找到。」他不做聲了，兩眼直視前方，似乎有所期待。果然他的兩個朋友馬上接話道：「我們也立刻解約。」緊接著，他抓住門把手，砰地一聲關上了房門。

父親摸索著踉踉蹌蹌地走向他的扶手椅，倒了進去；他看起來好像正舒展四肢，準備進入他習慣性的晚間小睡，但是他那彷彿失去了支撐的腦袋沉重地點動著，顯示出他根本沒有睡。格里高爾一直靜靜地躺在當初被房客發現的地方。對於自己計畫失敗的失望，但也許還有由於極度飢餓導致的衰弱使他無法動彈。他懷著某種確信擔心著一場全面性的災難即將在下一刻降臨到他的頭上，他等待著。甚至連小提琴滑出母親顫抖的手指，再從她腿上掉到地上，發出一聲帶有迴響的響聲，也沒有嚇到他。

「親愛的父母，」妹妹說，用手敲著桌子作為引子，「不能再這樣下去了。也許你們還沒看清楚，但我看清楚了。我不想在這個怪物面前說出哥哥的名字，所以我只說：我們必須想辦法把牠弄走。我們照顧牠忍耐牠，已經仁至義盡。我相信，沒人能對我們有絲毫指責。」

「她說得太對了。」父親自言自語道。仍然呼吸困難的母親，用手遮著嘴，眼睛裡帶著一絲精神錯亂的表情，開始悶聲咳嗽起來。

妹妹急忙走向母親，捧住她的額頭。妹妹的話似乎讓父親想到某種念頭，他坐直了，在桌子上房客晚餐後還沒收拾走的盤子之間玩弄著他的制服帽，偶爾瞥一眼一動不動的格里高爾。

「我們必須想辦法把牠弄走，」妹妹現在只對著父親說話，因為在咳嗽的母親什麼都聽不見。「牠會把你們倆害死的，我看得到這事會發生。像我們大家這樣必須這麼辛苦工作的人，不能忍受回到家還有這樣沒完沒了的折磨。我再也受不了了。」她突然嚎啕大哭起來，眼淚都流到了母親的臉上，她機械性地用手抹掉母親臉上的眼淚。

「孩子，」父親帶著明顯的理解，同情地說，「但我們該怎麼辦呢？」

妹妹只是聳了聳肩，表示無計可施，和先前的篤定相反，她哭起來之後就變得一籌莫展了。

「如果他能聽得懂我們的話。」父親半提問地說道；妹妹邊哭邊用力擺著手，表示這件事根本不用去想。

「如果他能聽得懂我們的話，」父親重複道，他閉上眼睛，以此在心裡接受妹妹關於這件事不可能的信念，「那麼也許還有可能跟他達成協議。可是這樣……」

「牠必須離開，」妹妹喊道，「這是唯一的辦法，父親。你只要拋開他就是格里高爾的念頭。這一點我們相信了這麼久，這才是我們真正的不幸。但牠怎麼可能是格里高爾呢？如果牠是格里高爾，他早就會明白，人和這樣一個動物是不可能一起生活的，他會自願離開的。我們會沒有了哥哥，可是能夠繼續生活，把他珍藏在我們的記憶裡。但是這個動物糾纏著我們，趕走了房客，顯然想把整個住宅占為己有，讓我們去睡大街。你看啊，父親，」妹妹突然大叫起來，「他又來了！」妹妹陷入一種格里高爾完全不能理解的驚恐，她甚至丟下母親，簡直是直接推開了母親的椅子，似乎寧願犧牲母親，也不願意待在格里高爾身邊，並急忙跑到父親身後；父親單單由於妹妹的舉動而激動起來，他站起身，好像要保護妹妹一樣，把雙臂半舉在她面前。

可是格里高爾根本沒有想過要讓任何人、尤其是他的妹妹感到害怕。他只不過是在開始轉身，好回到他的房間裡去，然而這個動作非常怵目，因為他由於自己難受的現狀，轉身十分辛苦，必須藉助他的腦袋，需要一連幾次把頭抬起來砸向地板。他停下來，環顧四周。他的好意似乎讓人看出來了。剛才只是瞬間的驚嚇而已。現在所有人都沉默而憂傷地看著他。母親伸直緊併的雙腿，躺在扶手椅裡，因為虛弱而幾乎閉上了眼睛；父親和妹妹並排坐著，妹妹用手摟著父親的脖子。

「現在我也許可以轉身了。」格里高爾想，重新開始了他的工作。他壓制不住自己大聲的喘息，而且必須時不時歇息片刻。另外也沒人催逼他，一切都由他自己做主。當他成功地轉過身去之後，他立刻開始直直往回爬去。他對這段隔開他和他的房間的長遠距離感到驚訝，無法理解不久之前虛弱的他是如何幾乎不知不覺地完成這段同樣的路程的。他一心只顧飛快向前爬，幾乎沒有注意到，他的家人沒有說一個字、發出一聲喊叫來打擾他。直到到了門口，他才轉過頭——並非完全轉過，因為他感覺到自己的脖子僵硬了，不過他總算還是看到，在他身後一切如故，只有妹妹站起了身。他最後的目光掃到母親身上，此時她已經沉沉入睡了。他剛一進到自己的房間，房門就被迫不及待地推上，拴上門栓，上了鎖。身後這突如其來的聲響讓格里高爾嚇了一大跳，以至於他的細腿都折了起來。那個那麼迫不及待的人是妹妹。她早就筆直地站在了那裡，等待著，然後敏捷地向前一跳，格里高爾根本沒聽見她到來的聲音，接著她向父母大喊一聲：「終於！」同時轉動著鎖眼裡的鑰匙。

「現在呢？」格里高爾自問，在黑暗裡四顧著。很快他就發現，自己現在根本動彈不得了。對此他並不感到驚訝，反而覺得，迄今為止他居然是依靠這些細腿前行這件事不大自然。另外他覺得相對而言還很舒服。儘管他渾身疼痛，但他覺得，這疼痛似乎正在逐漸減弱，最終會完全消逝。他背上的那個爛蘋果以及身體上其餘被柔軟的灰塵覆蓋的發炎部位，他幾乎都感覺不到了。帶著感動和愛，他想起自己的家人。他對於自己必須消失的想法，大概比妹妹更堅定。在這種空洞而平和的思考狀態下，他一直待到高塔上的鐘敲響凌晨三點。在窗前他還經歷了外面黎明的開端。然後他的腦袋不由自主地完全垂了下來，從他的鼻孔中微弱地冒出了他最後的呼吸。

當女工清晨到來——由於力氣大性子急，不管別人曾經多少次請求她不要那麼做，她總是「乒乒乓乓」地摔上所有的房門，以至於她一到來，整座住宅就再沒人能安靜地睡覺——在她習慣性的短暫造訪時一開始並沒發現格里高爾有任何異樣。她以為他故意那麼一動不動地躺在那裡，扮演受氣包；她相信他具有一切可能的理解能力。由於手裡正好拿著一把長掃帚，她試圖站在門口用掃帚去撓格里高爾癢癢。當發現這個舉動沒有效果時，她生氣了，用掃帚去捅了捅格里高爾，直到把毫不反抗的他推離原地之後，她才警惕起來。當她很快弄清了事情的真相時，她大睜著雙眼，顧自吹著口哨，但並沒耽擱多久，而是一把推開臥室門，大聲朝著黑暗裡喊道：「您快瞧瞧啊，牠翹辮子了；牠躺在那兒，已經死得硬邦邦了！」

薩姆沙夫婦筆直地坐在他們的雙人床上，忙著克服女工帶來的驚嚇，還沒工夫去領會她的報告的意思。然後薩姆沙先生和夫人就各自從自己那一邊迫不及待地下了床；薩姆沙先生把被子往肩膀上一披，薩姆沙夫人則只穿著睡衣就出來了；他們就這樣踏進了格里高爾的房間。這期間客廳的門也打開了，自從房客搬入之後葛蕾特就在這裡睡覺。她已經穿戴整齊，好像根本就沒睡過覺，她那蒼白的臉龐似乎也證明了這一點。

「死了？」薩姆沙夫人說，詢問般抬頭看著女工，儘管她可以親自檢驗一切，甚至無需檢驗也能看得出來。「我覺得是死了。」女工說，又用掃帚把格里高爾的屍體向旁邊推出一大截，作為證據。薩姆沙夫人動了一下，似乎想要按住那掃帚，但並沒有付諸行動。「那麼，」薩姆沙先生說，「現在我們可以感謝上帝了。」他畫了一個十字，三個女人跟著仿效。

葛蕾特的眼睛一直沒有離開屍體，她說：「看看，他多瘦啊。他也那麼久什麼東西都沒吃過了。那些飯菜怎麼進來，就又怎麼出去。」

格里高爾的身體確實完全又乾又癟，其實直到現在，當他不再被那些細腿支撐，又沒有其他東西轉移視線的時候，他們才意識到這一點。

「來，葛蕾特，到我們屋裡來待一會兒。」薩姆沙夫人帶著一絲憂傷的微笑說道，葛蕾特跟著父母走進臥室，沒有忘記回頭再看一眼屍體。女工關上門，把窗戶完全敞開。儘管還是清晨，新鮮的空氣中已經摻雜了些許暖意。畢竟已經是三月底了。

三個房客從他們的房間裡走了出來，驚訝地四顧尋找他們的早餐；他們被人遺忘了。「早餐在哪裡呢？」中間的房客不高興地問女工。然而女工卻把手指舉到嘴邊，一言不發，慌慌張張地朝租客招著手，讓他們到格里高爾的房間裡來。他們也去了，然後手插在他們那有點破舊的外套口袋裡，在那間此刻已經明亮的房間裡圍著格里高爾的屍體站著。

這時臥室的門打開了，身穿制服的薩姆沙先生出現了，一隻手臂挽著他的妻子，另一隻手臂挽著他的女兒。三個人的眼睛都哭得有點紅，葛蕾特時不時把臉貼到父親的手臂上。

「馬上離開我的住宅！」薩姆沙先生指著房門說道，並沒有鬆開兩位女士。「您什麼意思？」中間的房客有點驚愕地問，臉上帶著假笑。另外兩位則把雙手背在背後，不斷地搓揉著，好像在愉快地期待著一場結局一定對自己有利的激烈爭吵。「我的意思我已經說得很明白了。」薩姆沙先生回答道，和他的兩位女伴結成一條直線，向那個房客走去。後者先是默默地站在那裡看著地板，似乎事情正在他腦子裡形成一種新的條理。然後他說：「那我們就走吧。」他抬頭看著薩姆沙先生，好像被一陣突然襲來的謙卑擊中，甚至對於這個決定他也需要重新請求批准一樣。薩姆沙先生只是睜大眼睛朝他短短地點了幾下頭。於是這位房客真的立刻大步走進前廳，他的兩位朋友已經完全停止了手上的動作，留神傾聽了好一陣子了，這時都趕緊躪上去緊跟在他身後，彷彿怕薩姆沙先生先他們一步進入前廳，干擾了他們和他們帶頭的之間的聯繫似的。在前廳裡，三個人都從衣帽架上取下他們的帽子，從手杖架上拿起他們的手杖，然後默默地一鞠躬，離開了住宅。

帶著一種後來被證實是完全沒有理由的不信任，薩姆沙先生連同兩位女士走到走廊上，靠著欄杆，看著三個房客緩慢卻沒有停頓地走下長長的樓梯，在每層樓梯間的拐彎處消失，過了一會兒又重新出現；他們越往下走，薩姆沙一家人對他們的興趣就變得越小。當一個肉鋪的夥計以驕傲的姿勢頭頂托盤和他們相遇，然後高高越過他們走上來的時候，薩姆沙先生和兩位女士很快離開了欄杆，像鬆了一口氣似的，回到了他們的住宅裡。

他們決定，今天這一天用來休息以及散步；這個工作喘息不僅是他們應得的，對他們來說也是必要的。因此他們坐到桌旁，去寫三封請假信，薩姆沙先生寫給他的管理處，薩姆沙夫人寫給她的客戶，葛蕾特寫給她的師傅。

在他們寫信的時候女工進來了，告訴他們她要走了，因為她早上該做的事已經做完。三個寫信的人一開始只是點點頭，並不抬眼看她，直到女工仍然不想離開，他們才惱怒地抬起頭。「怎麼？」薩姆沙先生問道。女工微笑著站在門口，彷彿她有一件大喜事要向這家人報告，但只有他們追根究柢地追問，她才會說。她帽子上那根幾乎筆直的短鴕鳥毛——這鳥毛在她整個幫傭期間一直惹得薩姆沙先生生氣——輕輕地向著四面八方晃動著。「那您到底有什麼事？」薩姆沙夫人問道，她還算是女工最尊敬的人。「是的，」女工回答，快樂地笑起來，連話都說不下去了，「就是那個，怎麼把隔壁那個東西弄走的事，您不用擔心。沒問題的。」薩姆沙夫人和葛蕾特朝著她們的信躬下身去，似乎想繼續寫信；薩姆沙先生覺察到女工此刻打算開始加以詳細的描述，他伸出手，果斷地阻止了她。由於沒人允許她述說，女工又想起了她還要趕時間，她一臉顯然受了冒犯的樣子喊道：「回頭見了各位。」她氣呼呼地轉過身，惡狠狠摔上房門，離開了住宅。

「晚上就把她給解雇了。」薩姆沙先生說，但既沒從他妻子、也沒從他女兒那兒得到回答，因為女工似乎重新擾亂了她們剛剛獲得的平靜。她們站起身，走到窗前，互相摟抱著留在了那裡。薩姆沙先生坐在他的扶手椅裡轉身面向她們，靜靜地觀察了她們一會兒。然後他叫道：「你們倒是過來啊。別管那些舊事了。倒是也考慮一下我啊。」兩個女人立刻聽從了他，急忙向他走來，親親他、抱抱他，飛快地寫完了她們的信。

然後三個人一起離開了住宅——這是他們好幾個月以來從沒做過的事情——乘電車到郊外去。灑滿溫暖陽光的車廂裡只有他們。他們舒服地靠在座位上，談論著將來的前景，發現如果仔細看，這前景完全不差，因為這三份工作——他們其實還根本沒有互相細問過彼此的工作——都非常好而且今後大有可為。目前對於現狀最大的改善當然應該是只要換一間住房就能輕易達到的；比起現在這間還是由格里高爾選擇的住房，他們想要一間小一點、便宜一點，但位置更好一點、尤其是實用一點的住房。

當他們這樣交談著的時候，薩姆沙先生和薩姆沙夫人看到他們那越來越活潑的女兒，幾乎同時想起：前段時間裡，儘管經歷了種種災難，讓她臉頰蒼白，她仍然長成了一個美麗豐滿的少女。他們沉默了，幾乎是下意識地交換著會意的眼光，他們在想，現在是給她找一個如意郎君的時候了。當行程到達終點時，女兒第一個站起身，伸展著她年輕的身體，彷彿是對於他們那全新夢想和美好意圖的證明。

PART 2

卡夫卡短篇小說自選集

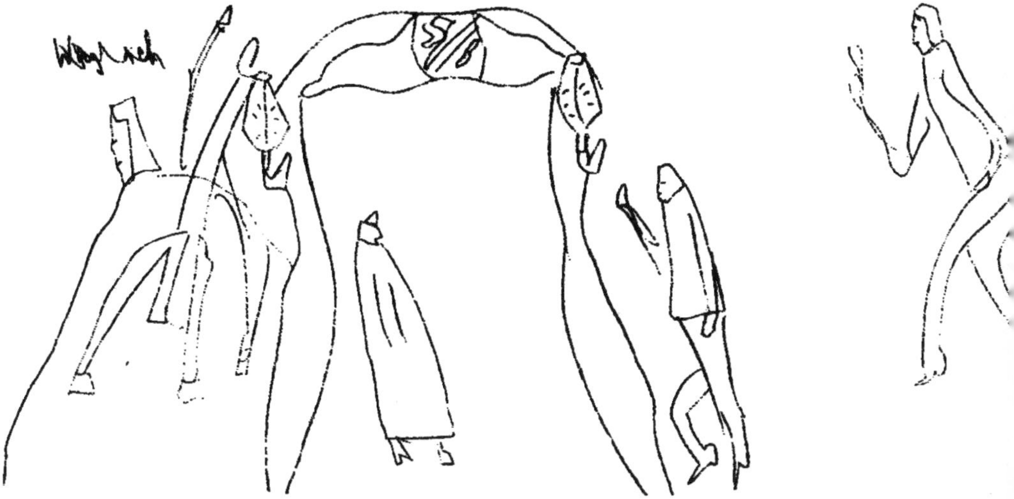

最初的痛苦
Erstes Leid

一個空中飛人——眾所周知，這種在大型雜劇院高高的拱頂下進行的表演，屬於人類能夠完成的難度最高的藝術之一——起初僅僅出於追求完美，後來則也因為養成了強迫性的習慣，他是這樣安排他的人生的：只要他在同一個劇院裡表演，他就會日日夜夜待在吊桿上。

他所有的，其實也是非常少的需求全部被輪流值班的打雜工滿足了，這些雜役打雜工守候在下面，把上面需要的所有東西裝在一個專門設計的容器裡，拉上去又拉下來。這種生活方式並不會給周圍世界帶來特別的困難，只是在表演其他節目期間會造成少許干擾：他待在上面，無處避讓，儘管這段時間他通常都很安靜，時不時還是會讓觀眾把目光錯投到他的身上。不過管理者都會原諒他，因為他是一個傑出而不可取代的藝術家。而且別人當然理解，他並不是故意要那樣生活，實際上只有那樣，他才能一直保持練習，只有那樣，他才能維持他的藝術的完美。

不過除此之外，待在上面也還是有益健康的，在溫暖的季節，拱形圓頂上的一圈窗戶全都敞開了，伴隨著新鮮的空氣，陽光強烈地射進昏暗的房間裡，這時那裡甚至是美好的。

當然，他的人際交往受到了限制，只在有些時候，一個表演體操的同事會沿著繩梯爬到他那裡，然後他們倆就會坐在吊桿上，一左一右地靠著繩套，聊一會兒天；或者有建築工人來修繕房頂，會透過一扇敞開的窗戶跟他聊幾句；或者有消防隊員來檢查頂層的緊急照明燈，會朝他叫喊幾句充滿敬意的話，內容卻聽不大清楚。除此之外，他的周圍是寂靜的。偶爾，某個員工在下午時分誤入到空蕩蕩的劇院，會若有所思地看向目光幾乎不可企及的高處，在那裡，空中飛人並不知道有人在觀察他，他正在練習他的藝術或者在休息。

如果沒有那些讓他分外討厭，卻又無法避免的從一個地方到另一個地方的旅行，空中飛人本來可以這樣不受干擾地生活著。不過經紀人總是會想辦法讓空中飛人避免經受任何不必要的折磨：在城市裡就使用跑車作為交通工具，盡量在夜裡或者凌晨以最快的速度在人跡空空的街道上飛馳而過——當然這仍然太慢，滿足不了空中飛人的渴望；如果乘火車，則包下整個車廂，讓空中飛人在上面的行李網裡度過旅途，儘管差強人意，卻勉強可以當作他平時生活方式的某種替代；在下一個演出地點的劇院裡，早在空中飛人到達之前很久，吊桿就已經就位，所有通向劇院的門都敞開著，所有的通道都已清空——看到空中飛人把腳踏上繩梯，頃刻之間，終於高高掛在了他的吊桿上的時候，那總是經紀人一生中最美好的瞬間。

如今經紀人已經妥善安排了那麼多次旅行，但每一次新的旅行仍然會讓他感到難堪，因為拋開其他東西不說，這些旅行對於空中飛人的神經至少是破壞性的。

就這樣他們又一次相伴上路了，空中飛人躺在行李網裡，做著夢，經紀人則坐在他對面的窗戶旁，靠在角落裡讀著一本書，這時空中飛人輕聲對他說起話來。經紀人立刻洗耳恭聽。空中飛人咬著嘴唇說，現在他必須要用兩根吊桿來表演體操，而不是迄今為止使用的一根，兩根面對面的吊桿。

經紀人立刻同意了。

但空中飛人卻似乎想顯示在這件事上，經紀人的肯定如同他的反對一樣毫無意義，他說，如今他再也不會，無論如何也不會在一根吊桿上表演體操了。想到這種事仍然有可能發生，他似乎打起寒顫來。

經紀人遲疑著，觀察著，再次做出了全面保證，他說兩根吊桿比一根更好，而且這個新裝置很有好處，會讓節目變得更豐富多彩。

這時空中飛人突然哭了起來。嚇壞了的經紀人跳起來，問到底出什麼事了？由於沒有得到回答，他爬上座位，輕撫著空中飛人，把他的臉靠在自己臉上，以至於空中飛人的淚水也流到了他的臉上。可是直到問了好多次又說了好多好話之後，空中飛人才抽泣著說：「手裡只有一根吊桿——我要怎麼活啊！」

這時要安慰空中飛人，對於經紀人來說就容易些了。他承諾，到了下一站就馬上給下一個演出地點就第二根吊桿的事情發電報；他責怪自己那麼久以來一直讓空中飛人在一根吊桿上演出，並大大地感謝和讚揚空中飛人終於讓自己意識到了所犯的錯誤。這樣經紀人總算讓空中飛人慢慢平靜下來，他又能夠回到自己的角落裡去了。

他本人卻並沒有平靜下來，他滿懷憂慮地從那本書上抬頭偷偷觀察著空中飛人。如果這類念頭一旦開始折磨他，會完全消失嗎？會不會愈演愈烈？會不會變得危害生存？經紀人確實相信自己看見了，此刻，在看似寧靜的睡眠中，已經不再哭泣的空中飛人那孩童一樣的額頭上開始出現了最初的皺紋。

小個子女人

Eine kleine Frau

那是一個小個子女人，生得相當苗條，卻仍然把腰束得很緊。我看見她總是穿著同樣的裙子，用泛黃的灰色，有點像木頭顏色的料子做成，裝飾著少許流蘇或者同色的鈕扣式的配件；她總是不戴帽子，沒有光澤的黃頭髮直直的，並非不整齊，卻弄得很鬆散。儘管束著腰，她仍然很靈活，當然她誇大著這種靈活，喜歡雙手叉腰，只一甩就把上身令人吃驚地飛快地轉向了一側。如果要我描述她的手給我留下的印象，我只能說：我還沒見過像她那樣每根手指頭都分得這麼開的手。不過她的手並沒有任何結構上的奇特之處，那是一隻完全普通的手。

這個小個子女人對我很不滿意，她總是找我碴，我總是對她不公平，處處惹她生氣。如果可以把人生劃分成無數非常細小的部分，而將這些部分單獨加以評價，那麼我人生的每一個細小部分對於她來說無疑都是一份不愉快。

我經常思索，究竟為什麼我那麼惹她生氣？也許我身上的一切都與她的審美觀、她的正義感、她的習慣、她的傳統、她的希望格格不入，如此相互對立的造物是存在的，但為什麼她會因此這樣受苦呢？我們之間不存在任何可以強迫她因為我而受苦的關係。她僅僅需要下決心把我看成一個完全陌生的人，而我本來也是這樣的人，對於這樣的決定我不僅不會反對，反而會非常歡迎；她僅僅需要下決心忘記我的存在，而這存在我從來沒有而且將來也不會去強加於她——她所有的苦難顯然就會煙消雲散。

我這樣說，完全沒有慮及我自己：她的行為當然也讓我感到尷尬，但這一點我沒有去計較。我不計較這些，是因為我知道，所有這些尷尬與她的痛苦相比不值一提。當然我也完全清楚，這不是愛的痛苦。她根本沒有要真正改善我的意思，而且我身上遭到她指責的那些東西，都不屬於能夠阻礙我進步的特質。不過她並不關心我的進步，她什麼都漠不關心，除了她的個人利益——也就是對我已經給她造成的折磨加以報復，以及對我將會給她造成的折磨加以阻止。我曾經想要向她指出，如何以最好的方式結束這綿綿不斷的不愉快，卻因此讓她勃然大怒，我再也不會做這種事了。

你可以說我也承擔著某種責任，因為不管這個小個子女人對於我來說如何陌生、不管我們之間存在的唯一關係是否僅僅是我給她造成的不愉快，或者更確切地說是她讓我給她造成的不愉快，她顯然由於這份不快遭受到了身體上的痛苦，對於這件事我卻不能漠不關心。

我不時聽到消息，最近這消息更頻繁了，說她早上又是臉色蒼白、睡眠不足、經受著頭痛的折磨，幾乎無法工作。她因此讓家人擔心，大家對她這種狀況的起因猜來猜去，迄今為止卻還不明所以。只有我瞭解那起因，那是原來就有又不斷更新的不愉快。

不過我當然不會像她的家人一樣擔心，她堅強頑固，誰能這樣跟人嘔氣，想必也能承受嘔氣帶來的後果。我甚至懷疑，她做出這種痛苦的樣子，只是——至少有一部分是——為了用這種方式把別人的懷疑引到我身上來。要公開承認我如何藉由我的存在折磨著她，她太驕傲，說不出口；要因為我的緣故向他人求助，她會覺得貶低了她自己；僅僅出於反感，出於一種不止歇的、永遠驅動著她的反感，她才總是惦記著我；如果還要把這件不光彩的事情公之於眾，她會因為感到恥辱而無法忍受。但是要對這件不斷給她帶來壓力的事情完全保持沉默，她也無法忍受。因此她以她女性的狡黠嘗試著一種中庸之道：她什麼都不說，想僅僅透過表現出一種隱祕的痛苦而把這個事件帶到公眾的法庭面前。也許她甚至期望著，一旦公眾把他們的目光全部投向我，他們會對我產生不快，而會以其強大的權力手段對我全面加以公審，這比起她那相對而言顯得弱小的個人不快能夠達成的效果更有力更迅速，而此時她會輕鬆地舒一口氣，不再理會我了。

不過，如果這真是她的期望的話，她就錯了。公眾不會接手她的角色，公眾絕不會在我身上找到那多得無休無止的可以指責的地方，即便把我放在倍數最大的放大鏡下面也不會。我不是像她認為的那樣沒用的人。我不想自誇，尤其不想在這種情況下自誇。就算我沒有因為特別有用而顯得出眾，肯定也不會因為與之相反而引人注目；只有在她看來、在她幾乎閃爍著白光的眼睛裡，我是那樣的人，但她無法說服其他任何人相信這一點。那麼在這種情況下我能夠完全安心嗎？不，並不能。因為如果大家真的知道我的行為竟然導致她生病了，有些好事的人——剛好也是那些最賣力傳播消息的人——馬上就幾乎看穿了事情的真相，或者他們至少會做出看穿真相的樣子，世人會向我而來對我提問：我到底為什麼要用我那不可救藥的行為去折磨那個可憐的女人？我是否有意要把她逼死？我什麼時候才能理智起來，生出淳樸的人類的同情心，不再做這樣的事？——如果他們這樣問我，我將難以回答。

難道我應該承認我並不很相信那些生病的跡象？難道我應該因此給人這樣的不良印象，讓人覺得我為了擺脫某種罪責而怪罪他人，而且還是用這樣不雅的方式？難道我還能公開宣稱，就算我相信她真的病了，也沒有絲毫同情，因為這女人對於我來說是完全陌生的，而我們之間存在的關係完全是由她一手造成的，而且也僅僅存在於她的那一方面？我不想說別人不會相信我，確切地說別人既不會相信我也不會不相信我，他們根本不會走到能夠討論相信與否那一步；別人只會把我對於一個生病的弱女子所回覆的答案記下來，這對我可不怎麼有利。不管我回答了什麼，世人的無能都將頑固地擋住我面前：在這樣一個事件裡，他們無法不懷疑存在著戀愛關係，儘管這樣的關係明擺著並不存在；如果它真的存在，那麼更應該起源於我：因為我確實是有能力欣賞這個具有判斷力以及不屈不撓的推理精神的小個子女人的——如果我沒有因為她的這些優點不斷受到懲罰的話。然而她那方面至少沒有任何跟我存在著友好關係的跡象。在這一點上，她是坦率實在的，我最後的希望也寄於此，因為即便讓人相信她跟我有這樣的關係更能落實她的戰鬥計畫，她也不會控制不住自己，做出這樣的事情來。但是在這方面，完全麻木的公眾卻會堅持他們的意見，無論如何都會做出對我不利的判決。

因此我別無選擇，只能在世人插手之前及時對自己做一些改變，哪怕不能消除小個子女人的不快——這是不可想像的——，至少能讓她的不快有所緩解。

我確實常常問自己：我目前的狀況是否真的那麼令自己滿意，以至於我根本不想去改變它？是否我真的不可能對自己進行某些改變，就算不是因為我相信有改變的必要，而只是為了安撫那個女人？我也真的嘗試過，並非不努力不認真，那樣做甚至讓我感到滿足，幾乎讓我覺得開心了。個別改變發生了，而且非常明顯，我不必提醒小個子女人注意它們，她對這種事的覺察比我早得多，單從我的性格裡她已經覺察到了我的意圖；但是我並沒有獲得任何成功。我又怎麼可能成功呢？我現在看出來了，她對我的不滿是根深柢固的，這種不滿，任何東西都無法消除，即便把我消除了也不行；假如聽到我自殺的消息，她還會盛怒不已。如今我無法想像，這個感覺敏銳的女人沒有像我一樣，不僅看清了她的努力毫無希望，還看清了我的無辜，我即便全心全意也無法達到她要求的無能。她當然看清楚了，但是她鬥士的天性讓她因為熱衷於戰鬥而忘記了這一點，而我那倒楣的本性——這是我自己無法選擇的，因為天生就是這樣——卻是想給那些失去控制的人一個輕聲的警告。用這種方式，我們當然永遠不可能互相溝通。

如果一大早就發生好運，我總會在踏出家門時看到那張因為我的緣故而苦惱的臉，那生氣的嘟著的嘴唇，那審視的、在審查之前就已經知道了結果的目光——這目光打量著我，不管如何匆忙也不會漏掉分毫，那苦澀的在少女般的臉頰上擠出來的微笑，那哀怨的抬頭向著天空的仰望，那個雙手插入腰間、以便讓自己能站穩的動作，然後是那由憤怒引起的蒼白和戰慄。

不久前我對一個好朋友暗示了一下這件事情，我還是第一次這麼做，連我自己都覺得驚訝。我只是隨口提及，輕描淡寫，就幾句話，儘管我覺得整件事的重要性表面上看起來基本上是微不足道的，我還是把這個重要性降低到了真相以下。奇妙的是，這位朋友卻沒有把它當成耳邊風，他甚至主動添油加醋，而且不顧我打岔，堅持討論這個話題。不過更奇妙的是，儘管如此，在關鍵性的一點上他仍然低估了此事，因為他鄭重其事地建議我出門小旅行一下。

沒有比這更不理智的建議了。事情雖然簡單，但如果細看，每個人都會看穿它，卻沒簡單到可以藉由我出遊使得一切或者僅僅使得那最重要的部分變得正常的程度。正相反，我其實反而需要避免出行；如果我真的要遵行某個計畫，那麼這個計畫無論如何應該是：把這件事限制在它迄今為止所在的狹小的、外界還未被捲入的範圍之內；也就是說我應該安靜地待在我現在所在的地方，不允許出現任何由這件事引起的、引人注目的大變化，包括不能跟任何人提及此事。但這麼做並非因為這件事真是什麼危險的祕密，而是因為它是一件微不足道的、純私人性質的、因此也容易承受的事情，因為它應該保持這種性質。在這一點上，那位朋友的意見倒也並非毫無用處，這些意見雖然沒讓我學到什麼新東西，卻堅定了我原有的觀點。

經過仔細思考，我發現：在時間的流逝中，整件事情看似曾經有過的變化都不屬於事情本身的變化，而僅僅是我對於她的看法的變化：一方面這看法變得更冷靜、更男性化、更接近核心；另一方面，卻也因為不可避免地受到不停的擔驚受怕的影響，不管這驚怕如何輕微，讓這看法增加了某種不安。

面對此事，我變得更冷靜了，我認為自己瞭解到：不管審判有時候看起來離得多麼近，最終卻不會到來。

世人，尤其是在年輕的時候，傾向於高估審判到來的速度，當我的小個子女法官因為看見我而變得虛弱，側身陷入靠椅，一隻手緊抓著椅背，另一隻手摸索著她的緊身胸衣，憤怒以及絕望的淚水滾過她的臉龐時，我總是想：審判即將來臨，我馬上就會被傳喚，出庭申辯。可是什麼審判都沒有，什麼申辯都沒有。女人都容易犯噁心，這種事情大家沒時間一一操心。

那麼，除了不斷重演的這類事件，有的嚴重些、有的輕微些，這些年裡到底還發生了些什麼呢？答案是，除了如今這類事件的數目變大了，其他什麼都沒有。

另外還有人在附近遊蕩，如果能找到一個插手的機會的話，他們很想插一手。但他們找不到，迄今為止他們只能依靠自己的嗅覺，而光有嗅覺儘管能讓嗅覺的主人足夠忙碌，對其他事情卻毫無用處。不過基本上總有這些無用的閒人、長鼻子的人，他們總是用某種超級聰明的方式，最常見的是親戚關係，來解釋他們為什麼湊得這麼近；他們總是留著神，總是有滿滿一鼻子的嗅覺，不過這麼做的結果只有：他們仍然在那裡站著。唯一的區別在於，我漸漸認清了他們，能夠區分他們的面孔。

從前我相信，這些人是從四面八方漸漸湊到一起的，事件的規模會擴大，因此會自然而然地促使審判產生；今天我認為自己知道了：這一切其實從一開始就一直存在，跟審判的產生沒多大關係或者根本沒有關係。而審判本身，我為什麼要用這麼嚴重的措辭來稱呼它呢？如果有一天——當然不是明天也不是後天而且很可能永遠不會有這麼一天——到了公眾還是要管這件我一再重複不該由他們負責的事情的那一步，我雖然不會毫髮無損地從訴訟中脫身，但他們肯定會考慮到：公眾對我並不陌生，我自始至終生活在他們全部的燈光之下，對他們充滿信任也值得他們信任，因此這個事後才冒出來的受苦的小個子女人——順便說一句，換成別人可能早就把她當作糾纏不清的牛蒡草，為公眾著想，無聲無息地把她用靴子踩死了——頂多也只能夠在我的證書上添加一個小小的難看的花體字而已，在這張證書裡公眾早就宣布了我是他們值得尊敬的一員。這就是事情今天的狀況，這現狀實在不大會讓我不安。

隨著歲月的流逝，我仍然變得有點不安了，但這一點跟這件事本身的意義根本無關；你就是沒法忍受自己會不斷惹惱某個人這件事了，即便你很清楚那惱怒毫無道理。你會變得不安，開始——某種程度上只是身體方面的——暗中窺探著審判的到來，哪怕理智上你並不怎麼相信它會到來。不過這種現象部分也是衰老的徵兆。青春給一切穿上了美好的衣裳，不美麗的細節消失在青春那無窮無盡的力量源泉裡；就算一個年輕人有過暗中窺探的目光，也沒人會見怪，根本沒人會注意到這目光，連他自己也不會。但是到了老年，剩下的僅僅是些殘餘，每一個人都是必要的，沒人會被更新了，每個人都被觀察著，一個老去的男人暗中窺探的目光就是明明白白的暗中窺探的目光，這並不難確定。只不過即便如此，事情也沒有真正惡化。

無論我從什麼角度看這件事情，有一點總是會得到證實而我也堅信不疑：不管那個女人怎麼折騰，只要我把手輕輕蓋在這件小事上，我就能夠不受這個世界的干擾，長久而安靜地繼續過著我迄今為止所過的生活。

飢餓藝術家
Ein Hungerkünstler

近幾十年來，大家對飢餓藝術家的興趣大為淡薄了。從前，他們自發舉辦大型飢餓表演，而且十分有利可圖，如今，這種事卻早已毫無可能。時代不同了。

那時候，飢餓藝術家是全城關注的話題，隨著飢餓表演日程的推進，觀眾一天多過一天。每個人都希望至少每天能夠見到飢餓藝術家一次。在表演的最後一段時間裡，有些買長期票的觀眾會一連幾天坐在那個鐵柵欄小籠子前面。籠子甚至夜裡也會讓人參觀，點上火把以增強效果。天氣好的日子裡，籠子被抬到戶外，主要是為了讓孩子看看飢餓藝術家：對於成年人來說，飢餓藝術家通常不過是一個時髦的消遣而已；而孩子則會大張著嘴，為了安全起見，手牽著手，目瞪口呆地盯著飢餓藝術家：看他面色鐵青，身穿黑色緊身衣，肋骨赫然支出，連椅子都不屑於使用，席地坐在撒在地上的一堆稻草上。有時禮貌地點著頭、微笑著吃力地回答問題，還把自己的手臂伸到柵欄外，讓人感受他的瘦弱；有時又完全沉浸在自己的沉思之中，不理會任何人，包括對他而言非常重要的鐘聲——那口鐘是籠子裡唯一的一件家具。他只是用幾乎緊閉的眼睛看著前方，時不時從一個小小的杯子裡呷一口水，潤潤自己的嘴唇。

除了熙來攘往的觀眾，表演現場還有幾個由公眾推選出來的固定看守。奇特的是，這些人通常都是屠夫，他們三個人一輪，職責是日夜監視飢餓藝術家，以防他以任何方式偷偷進食。

不過這樣做純粹只是一種形式，為了讓大眾放心，因為內行人都清楚：表演期間，不管在什麼情況下，哪怕有人強迫他，飢餓藝術家也絕不會吃下哪怕一點點食物。這麼做有違他的藝術榮譽感。

當然，並不是每個看守都能夠理解這一點。有時，值夜班的看守鬆散地履行著職責，故意聚集在遠處的角落裡，聚精會神地打著牌，很明顯，這是為了讓飢餓藝術家有機會吃一點東西，照他們看，這東西必定是他從某個祕密的存放地取出來的。沒有什麼比這樣的看守更讓飢餓藝術家感到折磨了。這些人讓他情緒沮喪，讓他的禁食變得可怕地艱難。有時，他強打精神，盡自己虛弱的體力所及，在這些看守值班期間唱著歌，好讓那些人看看，他們對自己的懷疑是何等的不公平。但這樣做並沒多大作用，那些看守只是對他居然能夠一邊唱歌一邊吃東西的技巧表示驚歎。

另一類看守則讓他特別喜歡，那些人緊挨著鐵欄杆坐著，嫌大廳裡的燈光過於昏暗，拿著經紀人提供的手電筒射向他。那刺眼的燈光對飢餓藝術家毫無影響，反正他是睡不成覺的，但無論在任何光線下、在任何時候，即便是在人滿為患、喧喧嚷嚷的大廳裡，他也總能打個盹。他非常願意和這類看守不眠不休地度過一夜。他願意和他們開玩笑，給他們講述自己流浪生涯的故事，然後傾聽他們的故事，這一切，只是為了讓他們保持清醒，為了不斷向他們顯示：他的籠子裡沒有任何可食之物，他在挨餓，這一點，他們當中沒有任何人能夠做到。

清晨來臨，大家給看守送上由他付錢的豐盛早餐，看到那些人以熬過漫漫長夜的健康人的胃口撲上前去，是他感到最幸福的時刻。儘管有些人居然故意認為這早餐有收買看守的嫌疑，但這樣的揣測實屬過分，如果人家問這些人：為了弄清事實真相，他們是否願意放棄早餐，承擔守夜的職責，這些人就會偷偷溜掉，不過仍然不會放棄自己的懷疑。

這樣的懷疑已經成為與飢餓表演根本無法分離的一個部分。沒有人能夠做到日日夜夜不間斷地看守飢餓藝術家，因此也就沒人能夠出於親眼所見知道他是不是真的在沒有間斷、沒有造假地挨著餓。這一點，只有飢餓藝術家自己知道，只有他，才是對自己的飢餓表演最為滿意的觀眾。

但是，出於另一種原因，他卻又從未滿意過。也許他根本不是因為飢餓才變得那樣消瘦不堪，以至於有些人對此心懷愧疚，由於不忍心看到他的樣子而不願前往觀看演出；他變得那樣消瘦不堪，僅僅是出於對自己的不滿。除了他自己，連內行人也不知道：挨餓是多麼容易的事，那實在是世界上最輕而易舉的事情了。對這一點他也從不諱言，卻沒人相信，最好的情況下，別人會覺得他是謙虛，大多數時候卻認為他是在自吹自擂，甚至會把他當成騙子：對他而言，挨餓之所以容易，不過是因為他清楚怎樣讓挨餓變得容易而已，而他居然能夠如此厚顏無恥，半推半就地承認這件事。這一切他都必須忍受，日積月累，他也已經習慣了。可是內心裡，這種不滿始終折磨著他，每一次飢餓表演結束之後，他都沒有自願離開過籠子——這一點我們確實應該為他作證。

經紀人規定的最長飢餓期為四十天，超過四十天絕不會讓他繼續挨餓，即便在國際性的大都市裡也不例外，這麼做當然是有道理的。根據經驗，藉由不斷升級的廣告，四十天剛好可以讓全城人的興趣日益高漲，這之後，觀眾就會失去耐心，參觀人數必定也會明顯減少。當然這種情況在城市和鄉村之間會有稍許差別，但四十天是最長的期限，這是規定。

所以到了第四十天，用鮮花圍起的籠門會被打開，興高采烈的觀眾擠滿了半圓形的露天大劇院，一支軍樂隊演奏著音樂，兩名醫生踏入籠中，對飢餓藝術家進行必要的檢測，再用一支大喇叭當場宣布結果。接著上來兩位年輕的女士，因為自己有幸被抽籤選中而喜氣洋洋，她們將引導飢餓藝術家離開籠子，走下幾級臺階，去到小桌子前面，那上面擺放著為他精心選擇的病人餐。在這一時刻，飢餓藝術家總是會表示抗議。面對兩位欠著身子、準備幫助他的女士，雖然他會主動把自己那皮包骨頭的手臂放到她們向他伸出的手裡，卻不願意站起身來。

為什麼偏偏是現在，才過了四十天就要結束？他本來還可以堅持很久，無限期地久；為什麼偏偏要現在結束？就在他處於最佳飢餓狀態的時候——是的，他其實還沒進入最佳的飢餓狀態呢；為什麼大家要剝奪他繼續挨餓的光榮，不讓他不僅有機會成為有史以來最偉大的飢餓藝術家——他很可能已經是了，而且——因為他覺得自己挨餓的能力是沒有極限的——還可以超越自己，達到無法想像的境界？為什麼這群聲稱十分欽佩他的人，卻對他如此缺乏耐心？如果他能夠堅持繼續挨餓，為什麼這群人卻無法堅持讓他繼續挨餓？

同時他也覺得很累，坐在稻草裡很舒服，如今卻要起身站得又高又直地去吃飯，那飯食光是想一想就已經讓他作嘔，僅僅因為顧及兩位女士，他才費了好大力氣勉強忍住，沒有表現出來。他抬頭看向那兩個表面上那麼友善、實際上卻無比殘忍的女士的眼睛，搖了搖細弱脖頸上沉重不堪的腦袋。但接下來，該發生的一切，還是一如既往地發生了。

經紀人走上前來，一聲不響地——音樂聲使他無法發表講話——把手臂舉到飢餓藝術家的頭頂上，似乎想要邀請上蒼看看他的這個稻草上的作品、這值得憐憫的殉道者——飢餓藝術家確實是殉道者，不過要完全從另一種意義上理解。

他圈住飢餓藝術家纖瘦的腰，動作小心翼翼到了誇張的程度，這是為了讓人相信他面對的是一件多麼易碎的物品。他把飢餓藝術家交給兩位已經面色煞白的女士，沒有忘記順便悄悄地搖了飢餓藝術家一下，使他的雙腿和上身不由自主地晃動起來。

這時，飢餓藝術家對一切都聽之任之了。他的腦袋垂在胸口，似乎那顆腦袋是自己滾過去的，不知道為什麼到了那裡就停住了；他的身軀完全乾癟了，兩條腿以自我保護的姿勢在膝蓋處緊緊併攏，向裡彎去，同時卻刮擦著地面，似乎那地面並不真實，而真實的地面正有待他的雙腿去尋找；他身體全部的、其實非常微小的重量整個落在了一位女士身上。這位女士求助地四顧著，呼吸急促——她可沒想到這件光榮的差事竟然會是這樣的——她先是盡力伸直脖子，好讓飢餓藝術家至少不要碰到自己的臉頰，然後，當她發現這樣做無補於事，而那位運氣比她好的同伴則只顧著戰戰兢兢地拿著飢餓藝術家的手，把那一小把骨頭舉在自己面前，卻並不來幫她時，在全場興高采烈的哄堂大笑聲中，她失聲痛哭起來，只得由旁邊一位早已做好準備的侍從接替了她的位置。

接著開始進餐。在飢餓藝術家近似昏厥的半睡眠狀態下，經紀人慢慢給他灌了些流質食物，一邊不忘插科打諢，好把觀眾的注意力從飢餓藝術家的身體狀態上轉移開。接著，他還會向觀眾祝酒，那句祝酒詞據說是由飢餓藝術家附在他耳邊讓他說的。樂隊一陣響亮號角齊鳴，以加強效果。眾人四散開去，對於發生的一切，沒人有理由不滿意，任何人都不會；不滿意的只有飢餓藝術家，從來都只有他。

伴隨著有規律的短暫間歇，他就這樣過了很多年，表面光彩照人，受到世人尊敬，儘管如此，大多數時候他卻心情憂鬱，而且因為沒人願意把這憂鬱當真而越來越憂鬱。但大家又能怎樣安慰他呢？他還有什麼不滿足的？如果一旦哪個憐憫他的好心人想要跟他解釋：他的憂鬱極有可能源於挨餓，那麼，飢餓藝術家，尤其是在飢餓表演後期，可能會以暴怒作為回答，而且他還會像野獸一般開始猛烈地搖撼柵欄，讓眾人驚嚇不已。

不過對於這類情況，經紀人自有他樂於使用的懲罰之道。他在觀眾面前為飢餓藝術家開脫，他承認：確實是由於飢餓而導致了飢餓藝術家的暴躁，所以他的行為可以被原諒，這種暴躁是吃飽了的人無法輕易理解的；然後他又順口提到飢餓藝術家那同樣需要解釋的自我聲明：即他能夠比飢餓表演規定的斷食期限斷食更久。

他讚揚飢餓藝術家，從他的這份自我聲明中，可以看出飢餓藝術家的高遠志向、良好願望以及偉大的自我克制精神；接著他卻向眾人展示了一堆同時也供出售的照片，輕而易舉地就推翻了飢餓藝術家的自我聲明，因為在這些照片上大家看到的是處於某次第四十個斷食日的飢餓藝術家，他躺在床上，虛弱得奄奄一息。

對這種歪曲真相的做法，飢餓藝術家雖然已經司空見慣，卻仍然每次都會像第一次見到一樣感到灰心喪氣，他覺得實在是太過分了。本來這是提前結束飢餓表演而導致的後果，在這裡卻被當作了提前結束表演的原因！要和這樣的無知以及這個充滿無知的世界抗爭，是絕不可能的。

每一次，他都滿懷希望地抓著柵欄，認真傾聽經紀人的話，然而一到照片出現的時候，他就會鬆開手，歎息著頹然坐回草堆上，受到安撫的觀眾又走近前來觀看他了。

見證過這些場面的人在幾年後回想當初，常常會不明白當年的自己。因為這幾年裡出現了之前提到的變化，而這種變化幾乎是突然之間發生的，當然它的出現可能有更深刻的原因，但又有誰有興趣去深究呢？總之有一天，被慣壞了的飢餓藝術家發現那些愛嘗鮮的大眾拋棄了自己，湧向其他娛樂表演。經紀人最後一次帶著他穿過半個歐洲，渴望仍然能在哪裡找到像以前那樣感興趣的觀眾，然而這一切都是徒然。就像祕密約好了似的，對於飢餓表演，到處都形成了一種簡直可以稱為反感的態度。

當然，事實上這一切並不可能來得如此突然，事後回想，觀眾會記起當年陶醉在成功裡時未曾予以足夠重視以及未曾提前防範的一些徵兆，然而如今再要採取措施已經為時過晚。不過有一點可以肯定，飢餓表演的好時光一定會再次到來，但這話對於活在眼前的人來說算不上安慰。

如今，飢餓藝術家該幹什麼呢？他，這個曾經被成千上萬人的歡呼聲包圍的人，是不可能在小集市上的棚子裡供人參觀的。如果要改行的話，飢餓藝術家不僅年紀太大，最主要的還是他已經過於狂熱地獻身於飢餓藝術了。因此他告別了經紀人——他事業道路上無可比擬的同志，很快受雇於一個大型馬戲團，為了保護自己的自尊心，他甚至連合約的條款都沒有看一眼。

擁有無數表演者和動物以及裝備、不斷處於有出有進之中的大型馬戲團，任何時候都可能需要表演者，也包括飢餓藝術家，但當然是在他的要求不高的前提下。另外，在這種特殊的情況下，他們雇用的並非僅僅是飢餓藝術家本人，而且還連帶了他昔日輝煌的名聲。是的，由於飢餓藝術那不會隨著年齡增長而退步的藝術特性，大家沒法說飢餓藝術家過氣了，不再處於自己能力的巔峰狀態，如今要躲到一個馬戲團安靜地混飯吃，恰恰相反，飢餓藝術家保證——他這話倒也確實可信——他會像以前一樣長久地挨餓，是的，他甚至宣稱，如果大家能夠讓他願意餓多久就餓多久的話——這一點大家也毫不猶豫就向他做了保證——其實現在他才會讓世界真正為之震驚。不過考量到被處於激情之中的飢餓藝術家淡忘了的時代氣氛，這個宣告只是讓內行人臉上泛起微笑而已。

但是說到底，就連飢餓藝術家本人也沒有失去對現實的估量：人家沒把他的籠子當作最精彩的節目擺在場地中央，而是放到了場地外面獸欄旁便於接近的地方，對於這種安排，他理所當然地接受了。籠子上圍著大幅彩色標語，標明這裡有什麼東西可供觀看。

當觀眾在馬戲表演的中場休息時間湧向獸欄參觀動物的時候，幾乎無法避免地要路過飢餓藝術家，在那兒稍作停留，如果不是在這窄窄的過道裡，後面的人群一心想要擠到自己想看的籠圈前面，無法理解前面觀眾為什麼要站著不走，使得前面的觀眾不可能從容地觀察飢餓藝術家的話，大家也許可以在他面前逗留得更久一點。這也是為什麼飢餓藝術家對這一被他看成自己生存意義的參觀時間既期望，卻又感到懼怕的原因。

一開始，他迫不及待地期待著表演休息時間的到來，滿懷喜悅地看著逐漸湧來的人潮，可惜很快他就發現——哪怕最頑固、最有意識的自欺欺人也敵不過親身經歷——這些人大部分總是毫無例外地懷著想看動物的意圖。

從遠處看，情形還算是最好的，因為一旦人群到了他跟前，他的周圍就立刻充溢著不斷重新組合的兩類群體的呼喝怒罵，一類——這些人很快就成為讓飢餓藝術家更難堪的人——是想舒舒服服觀賞他的人，但並非出於對他感興趣，而是因為鬧彆扭想找碴；第二類則是只想看獸欄的人。大批人群湧過之後，遲到的人來了，儘管沒什麼妨礙這些人想停留多久就停留多久，他們仍然會大步流星，幾乎目不斜視地匆匆走過，好及時趕到那些動物前面。

也有些不常見的運氣好的時候：一個父親帶著自己的孩子走了過來，他用手指著飢餓藝術家，詳細地解釋這個表演是怎麼回事，他講述著從前的日子，他觀看過的那些類似的、卻是無與倫比的偉大表演；然而孩子呢，因為在學校裡和生活中都沒有接觸過這種事，儘管他們仍然無法理解——他們哪裡懂得什麼叫做挨餓？——，但從他們探尋的眼睛的光芒裡，卻多少透露出某些來自一個嶄新的、未來的、寬容的時代的訊息。

飢餓藝術家有時會對自己說，如果不是他的籠子放得離獸欄那麼近，也許一切都會好一些。這樣做讓觀眾的選擇變得太容易了，更不要說獸欄的臭味、夜裡野獸的躁動、經過他面前拿給猛獸的生肉，還有那餵食時的叫喚，這一切都深深地傷害著他，無時無刻不在壓抑著他。可是他不敢向老闆提出申訴，無論如何，他要感謝這些動物吸引來了大批觀眾，在這些觀眾裡可能時不時地也會有一個是單單為他而來的。如果他讓別人想起他的存在，因此也提醒了那些人：正確說來他不過是通往獸欄的路上的一個障礙而已，誰知道人家會把他藏到哪裡去呢？

不過他也僅僅是一個很小的障礙，一個越來越小的障礙。在如今這個時代，一個飢餓藝術家居然還想獲得眾人的矚目——大家對於這種怪事已經習慣；而這一習慣宣布了對飢餓藝術家的判決。他能餓多久就可以餓多久，他也這麼做了，但再也沒什麼能夠拯救他了，世人已經把他拋到了一邊。

試試向某個人解釋飢餓藝術吧！你不可能理解沒有親身體驗過的事情。那幅漂亮的標語髒了，無法閱讀，被人撕了下來，卻沒人想起換一幅新的。最初，小黑板上記錄挨餓天數的數字每天都被小心仔細地更新著，如今卻已經很長時間都是同樣的那一個了，因為最初的幾週過去後，馬戲團的工作人員連這一點工作都厭倦了。這樣，飢餓藝術家雖然如他曾經夢想過的那樣仍然挨著餓，而且也如他那時曾經聲稱的那樣毫不費力，但再也沒人去計算他挨餓的天數了。沒有任何人，包括飢餓藝術家自己，知道他的成績到底怎樣，他的心情變得沉重了。這時候，居然時不時還有無所事事的人對那個舊數字加以嘲笑，說那是造假，在這種情況下，這無疑是最愚蠢的謊言，只能出於冷漠以及天生的惡意，因為飢餓藝術家並沒有行騙，他在真誠地工作著，但這個世界在欺騙他、在剝奪他的酬勞。

雖然又這樣過了很多天，不過最終還是到了結束的時候。有一次，那個籠子引起了一個看守的注意，他問侍者，為什麼讓這麼一個好好的籠子裝著發霉的稻草，白白空放在那兒。沒人知道，直到有人看到那個記錄數字的小黑板，想起了飢餓藝術家。

人家用棍子挑起稻草，在那裡面發現了飢餓藝術家。「你還在挨餓？」看守問道，「你到底什麼時候才要停止啊？」「請各位原諒我吧。」飢餓藝術家小聲說道，只有把耳朵湊到欄杆前的看守才聽得懂他在說什麼。「當然，」看守說，把手指放到前額[1]，以此向工作人員暗示飢餓藝術家的狀況，「我們原諒你。」「以前我總是希望你們佩服我挨餓。」飢餓藝術家說。「我們確實也很佩服。」看守配合地說。「但你們不應該佩服。」飢餓藝術家說。「好，那我們就不佩服，」看守說，「為什麼我們不應該佩服呢？」「因為我必須挨餓，我沒別的辦法。」飢餓藝術家說。「看看，」看守說，「你為什麼沒別的辦法呢？」「因為我，」飢餓藝術家說，把他那小小的腦袋抬起一點點，嘴唇撮起，彷彿要接吻一樣，直接湊到了看守的耳朵裡，好讓他不會漏掉一個字。「因為我找不到合我口味的飯食。如果我找到了，相信我，我就不會這麼折騰，而是會像你和所有人一樣吃個飽。」這是他最後的話，但在他那沒有生氣的眼睛裡，仍然閃爍著即便不再驕傲，卻依然堅定的自信：他還在繼續挨餓。

「趕快收拾！」看守說。大家把飢餓藝術家連同稻草一起埋葬了，卻在籠子裡放了一隻年輕的豹子。看到這樣一隻野獸在那沉悶已久的籠子裡來回衝撞，即便對於感覺最遲鈍的人來說都是一種休息。這隻野獸什麼都不缺。對牠胃口的食物，看守不用多想就給牠拿了來；牠看起來似乎連自由都不懷念，這個高貴的身軀似乎本身也攜帶著自由，牠應有盡有，飽滿到幾乎要撕裂的程度，自由似乎就棲身於牠的牙齒之間。生存的歡樂隨著那樣強烈的熱情從牠的咽喉裡騰騰冒出，讓觀眾很難經受得住。但是他們克服了困難，緊緊圍著籠子，根本不願離去。

1 在歐洲，這個動作一般表示腦子有問題。

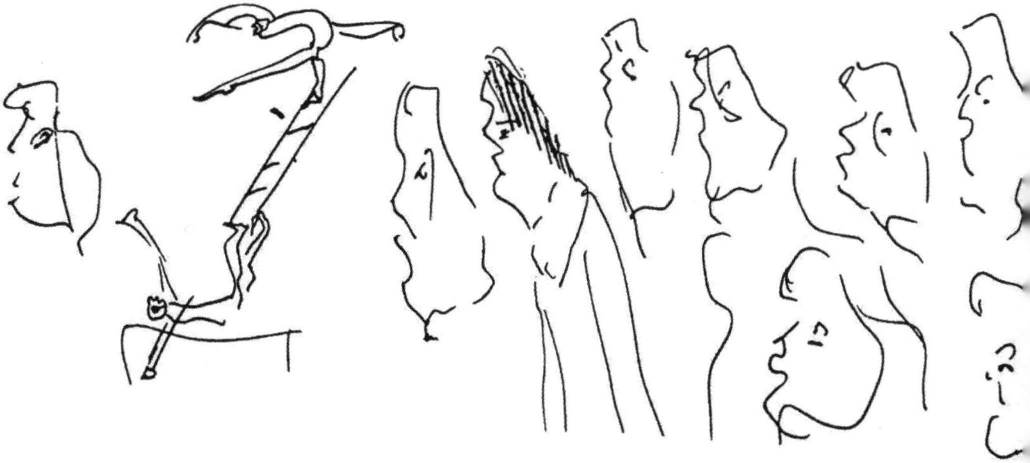

Josefine, die Sängerin oder Das Volk der Mäuse

女歌手約瑟芬或老鼠民族

我們的女歌手名叫約瑟芬。沒聽過她唱歌的人，不會瞭解歌唱的力量。沒有人不被她的歌唱吸引，這一點，由於我們這個種族整體而言並不喜愛音樂，所以她尤其應該得到更高的評價。

寧靜的和平是我們最喜愛的音樂。我們生活艱難，即便有朝一日能夠嘗試擺脫所有日常的煩憂，也不可能昇華到去關心那些離日常生活如此遙遠的事情——比如音樂。不過我們對此並不十分惋惜，我們根本不會走到這一步。某種實用的狡黠，當然也是我們額外急需的東西，被我們看做自己最大的優點。帶著這種狡黠的微笑，碰到任何事情，我們都習慣於自我開解，哪怕有一天我們會渴望來自音樂的幸福——但這種事情不可能發生。只有約瑟芬是個例外，她熱愛音樂，而且知道如何傳達音樂。她獨一無二。哪天她去世了，音樂就會從我們的生活中消失——誰知道會消失多久？

我常常思索，到底該如何看待這種音樂。我們毫無音樂天賦，那麼我們又怎麼能夠理解約瑟芬的歌唱，或者說，由於約瑟芬否認我們的理解能力，那麼我們是怎麼自以為理解了這歌唱的呢？最簡單的回答可能是：這歌唱的美如此強大，以至於最遲鈍的感知都無法抗拒。可是這個回答並不能讓人滿意。如果真是這樣，那麼在這歌唱面前，我們必須自始至終都有一種非同凡響的感覺，這感覺是：從這副嗓子裡發出的聲音，是我們以前從來沒有聽到過，也根本沒有能力聽得到的，這聲音只有這個約瑟芬才能讓我們聽到，其他任何人都辦不到。然而照我看來，正是這一點與事實不符，我就沒有這樣的感覺，而且也沒發現別人有這類感覺。在密友的圈子裡我們互相公開承認，約瑟芬的歌唱作為歌唱來說其實並沒有什麼非同凡響的地方。

那到底是不是歌唱？我們儘管缺乏音樂天賦，卻仍然擁有唱歌的傳統。在我們民族，古代就有過歌唱，傳說裡也提到這一點，甚至還有些歌謠被保存了下來，當然如今已經沒人會唱了。什麼是歌唱，這點認知我們還是有的，而約瑟芬的藝術其實並不符合我們的認知。

那到底是不是歌唱？會不會只是在吹口哨呢？吹口哨我們倒是都很熟悉，這是我們這個民族天生的藝術技巧，或者更確切地說，根本不是什麼技巧，而是一種獨特的生活表達方式。我們都吹口哨，不過沒人想過把這當成藝術。我們吹著口哨，並沒有留意到自己在吹口哨，是的，我們並未感覺到自己在吹口哨，我們之中很多人甚至根本不知道吹口哨是我們民族的一種特性。如果約瑟芬真的不是在唱歌，而只是在吹口哨，甚至，至少在我看來連一般的吹口哨都談不上——是的，她的力氣也許都不夠吹出一般的口哨，而一個普通的挖土工卻能夠一邊工作一邊毫不費勁地吹上一整天——如果真是這樣，那麼約瑟芬那所謂的藝術家氣質就會遭到質疑，但這樣一來，她那強大的影響力，就更是一個需要解開的謎團了。

不過約瑟芬所創作的，又確實不僅僅是吹口哨。如果你站得離她遠遠的，凝神傾聽，或者更好的辦法是，在有其他人發出聲音的情況下，約瑟芬唱起歌來，這時你再讓自己去辨別她的聲音，那麼你無疑只能聽到一種普通的、頂多由於它的嬌柔或者微弱而稍顯突出的口哨聲，其他什麼都聽不出來。可是如果你站到她面前，那就不僅僅是口哨聲了。要理解她的藝術，你必須不僅要聽到她的聲音，還要看到她本人。

就算那只是我們日常習慣的吹口哨，這件事卻首先包含了這樣的奇特之處：某人鄭重其事地站出來，不為別的，單單為了做一件普通尋常的事情。嗑開一個堅果實在算不上藝術，所以也不會有人敢於召集一群觀眾，在他們面前表演嗑堅果來娛樂他們。但如果真有人這麼做了，而且達到了他的目的，那麼這件事就不可能僅僅是嗑堅果那麼單純了。或者，這件事確實只是單純的嗑堅果，卻因此讓我們看到，我們一直都對這一門藝術視而不見。因為這件事我們自己做起來實在已經駕輕就熟，而只有這位新來的表演嗑堅果的人才向我們展現出這件事的實質。在這種情況下，假如他嗑堅果的技能比我們大多數人還要差一點的話，效果反而會更好。

也許約瑟芬的歌唱就跟這種情況相似：在她身上我們所欣賞的東西，正是我們在自己身上毫不喜歡的東西。順便說一句，約瑟芬對於後者的看法和我們完全一致。有一次，當有人向她提到全民族普遍都在吹口哨時——這種事當然常有發生——我剛好在場，雖然那人態度相當謙虛，但對約瑟芬而言已經太過分了。當時出現在她臉上的那樣狂妄自大的微笑，我之前還從來沒有見識過。她本來外表嬌柔至極，那種嬌柔即便在我們這個盛產嬌柔女性的民族也頗為引人注目，但在那一刻，她卻簡直顯得惡毒。出於強烈的敏感，她可能立刻意識到這一點，並有所收斂。無論如何，她否認自己的藝術和吹口哨之間有任何關聯。對於那些和她意見相反的人，她唯一的態度是鄙視，甚至很可能是不願承認的憎恨。這可不是一般的虛榮心，因為那些反對派——我也算半個——對她的仰慕絲毫不少於大眾。但是約瑟芬想要的不僅僅是被仰慕，而是要以她定義的方式被仰慕。光是仰慕，她根本不在乎。如果你坐在她面前，就能夠理解她。只有在遠處你才會成為反對派，如果你坐在她面前，你就會知道：她此時所吹的，並非口哨。

由於吹口哨屬於我們下意識的習慣，你可能會認為：在觀看約瑟芬表演的時候也會有人吹口哨。她表演的藝術讓我們感覺愉快，當我們感覺愉快時，我們就會吹口哨。但她的觀眾並不吹口哨，她的觀眾像老鼠一樣安靜，彷彿我們正在分享那嚮往的和平，而至少我們自己的口哨聲會阻礙我們去享受這份和平，我們沉默了。讓我們陶醉的，究竟是她的歌唱呢，還是這份被那個柔弱的小聲音環繞著的莊重的寧靜？

有一次，某個傻頭傻腦的小東西在約瑟芬唱歌期間無辜地吹起口哨來，那聲音跟我們從約瑟芬嘴裡聽到的完全一樣。在前方臺上是那儘管技巧嫻熟卻仍然怯生生的口哨聲，而在觀眾群裡，是那忘我的孩子氣的口哨聲。要想描繪兩者之間的差別是不可能的。但是我們立刻用噓聲和口哨聲制止了這個搗亂者，儘管這樣做毫無必要，因為就算不這樣，她肯定也已經又羞又怕，巴不得鑽到哪裡躲起來了。而這時約瑟芬則忘乎所以地伸開雙臂，脖頸高揚，高到不能再高，吹起了勝利的口哨。

不過她向來如此：每一件小事、每一個巧合、每一絲不滿、木地板發出的一聲裂響、牙齒間的一聲摩擦、燈光的一次故障，她都覺得能夠提高她歌唱的效果；她認為自己反正是在對著聾子的耳朵唱歌；儘管從不缺少掌聲和歡呼，但對於她所期待的那種真正的理解，約瑟芬早就學會了放棄。因此所有的干擾都很合她心意；一切外來的與她歌唱的純粹性相對立的東西，藉由輕鬆的鬥爭，其實不用鬥爭，僅僅是藉由對比被戰勝了，這有助於喚醒大眾。雖然無法教會他們理解，卻可以教會他們有意識的尊重。

小事都可以對她如此有用，大事就更不用說了。我們的生活很不平靜，每一天都帶來意外、恐懼、希望和驚嚇，如果沒有同志時時刻刻、夜以繼日的支持，個體是無力獨自承擔這一切的，儘管如此，仍然常常十分艱難。有時候，即便上千個肩膀也會在本該只由一個人承擔的重負之下顫抖。

這時約瑟芬便認為該她出手了。

於是她已經站到了那裡，這個嬌柔的存在，尤其在她胸部以下的地方可怕地顫動著，就好像她把所有的力量都彙集到了歌唱裡；好像每一點力量，幾乎是每一絲生存的可能性都已經從她身上一切不能直接效力於歌唱的東西裡抽走；好像她被暴露，被犧牲，僅僅交由善良的神祇去守護；好像在她如此完全脫離自己、置身於歌唱之中時，一絲冷風吹過都會要了她的命。可是恰恰在看到這樣的場面時，我們這些所謂的反對者往往會想：「她連吹口哨都不會。她不得不這麼嚇人地努力折騰，才能勉強憋出全國人都會吹的口哨，而不是歌唱——我們就別提歌唱了。」在我們看來似乎就是這樣。不過，正如前面提到的，這種想法雖然不可避免，卻僅僅一閃即逝。很快的，就連反對的我們也沉入到大眾的感覺之中，那溫暖的、一個緊挨著一個的、屏住呼吸凝神傾聽的大眾。

我們是一個幾乎總是動來動去，常常目的不明地四處亂竄的民族，為了召集這樣一個民族的大眾，約瑟芬大多數時候卻什麼事都不用做，只需仰起小腦袋，半張著嘴，眼睛望向高處，擺出一副有意唱歌的姿勢就行了。在任何她願意的地方，她都可以這麼做。不必是什麼從很遠就看得到的地方，隨便一個隱蔽的、一時興起選出來的角落也同樣好用。她想要唱歌的消息會立刻傳開，大家會馬上結隊前來。

不過，有時也會行不通：約瑟芬恰恰喜歡在動盪時期唱歌，這時重重的憂慮和困境卻迫使我們在很多不同的地方奔波，即便竭盡全力，大家也無法像約瑟芬所希望的那麼迅速地聚集在一起。

這一回她架子十足地站了可能好一會兒而聽眾人數仍然不夠——那她當然會憤怒，接下來她會用力跺腳，會咒罵，簡直不像個女孩子；是的，她甚至會咬人。但就連這樣的舉止也不會損害她的名聲。對於她那過高的要求，大家沒有試圖稍加遏止，反而盡力迎合。信使被派出去招徠聽眾；而這件事在約瑟芬面前卻要保密。你可以看到周圍的來路上設置了執勤人員，向趕來的人招手，示意他們趕快。這一切一直要進行到湊齊一個還說得過去的聽眾人數為止。

是什麼驅使這個民族為了約瑟芬而如此盡心竭力呢？這個問題，並不比之前那個關於約瑟芬歌唱的問題更容易回答，而它又跟那個問題相互關聯。如果可以斷定這個民族是因為約瑟芬的歌唱而無條件地順從她的話，你可以劃掉這個問題，把它跟第二個問題完全合為一個。但事實並非如此。我們這個民族幾乎不懂得什麼叫無條件的順從，這個民族，喜愛無傷大雅的狡黠勝過一切，喜歡孩子般的嘀嘀咕咕，喜歡扯些無關痛癢的、僅僅動動嘴皮子的閒話，一個這樣的民族無論如何也不會無條件地順從誰的。這一點約瑟芬當然也感覺到了，而這正是她以自己那柔弱的嗓子竭力反抗的東西。

只是，在做這種普遍性的判斷時你當然不能太過頭，這個民族確實順從著約瑟芬，只不過不是無條件的。比如，這個民族沒有能力嘲笑約瑟芬。你可以承認約瑟芬身上有好些讓人發笑的地方，而從本質上來說我們也容易發笑。儘管我們的生活裡有很多悲苦，但我們總能在某種程度上發出一聲輕笑。但是對於約瑟芬，我們卻不會發笑。有時我會有這樣的印象，這個民族對自己與約瑟芬的關係的理解是：約瑟芬，這個易碎的、需要呵護的、不知為何出色的、自認為是因其歌唱而出色的存在，把自己託付給了民族，那麼民族就必須去照顧她。至於個中原因就沒人清楚了，只是事實看來確實如此。對於一個把自己託付給你的人，你是不可以嘲笑的。如果嘲笑了，就違背了你的職責。我們當中最惡毒的人對約瑟芬做出的最惡毒的事，就是他們有時會說：「一看到約瑟芬我們就笑不出來了。」

所以這個民族是以一種父親對待一個向他伸出小手的孩子的方式看顧著約瑟芬的——誰也不能肯定，那是請求式地伸手還是要求式地伸手。大家可以認為，我們這個民族並不適合盡這種父親的義務，但是事實上這個民族確實在履行著這個義務，至少在這件事情上，而且堪稱楷模。在這方面，一個民族作為整體有能力做到的事情，沒有哪個個體能夠做到。當然，民族和個體之間的力量懸殊如此驚人，民族只需把受保護者拉到它身邊的溫暖之中，後者就已經得到了足夠的保護。不過這樣的話大家是不敢對約瑟芬說的。「我吹你們的保護[1]。」她會說。「對，對，你吹吧。」我們心想。另外，她這樣反抗的時候實際上根本不是在否認，而是一種十足的孩子氣和一種孩子式的感激。而一個父親的應對方式，就是不要把它放在心上。

不過這裡又摻雜進另一件事，很難用民族和約瑟芬的這種關係加以解釋。那就是：約瑟芬對此的看法與我們完全相反。她認為是她在保護著這個民族。據說是她

1 德語「對某事吹口哨」意為「不在乎某事」。此處為雙關用法。

的歌唱把我們從糟糕的政治或經濟狀況中拯救出來，她的歌唱最起碼發揮了這個作用；即便她的歌唱不能驅趕不幸，至少也賦予了我們承擔不幸的力量。這些話她並沒有直說，也沒有用別的方式說，她根本就很少說話，在喋喋不休的人群中她是沉默寡言的——我們這些人裡只有少數能閉上嘴，而她就能做到——但這些話在她的眼睛裡閃耀著，從她緊閉的嘴唇上可以讀到。

每當一個壞消息降臨——有些日子，壞消息接二連三，夾雜著假消息以及半真半假的消息——她都會立刻站起身來，而平常她只是疲憊地老想往地上躺。她站起身，伸長脖子，像牧人一樣試圖在雷雨降臨之前看清她的牧群。誠然，孩子也會以他們那種任性衝動的方式提出相似的要求，但是約瑟芬的要求顯然不會像他們的要求那樣毫無根據。

當然，她並沒有拯救我們，也沒有給我們力量。扮演這個民族的救星並不困難。這個民族慣於受苦，不愛惜自己，輕舉妄動，常常要面對死亡。它長期生活在膽大妄為的氣氛裡，只是表面看起來膽小怕事而已。此外，它的繁殖能力和冒險精神一樣強大——我的意思是說，事後扮演這個民族的救星是容易的，因為這個民族總能以某種方式自己拯救自己，哪怕為此付出了能讓歷史研究者——總而言之，我們對歷史研究其實是完全忽視的——嚇得目瞪口呆的犧牲。

不過，恰恰是在危機之中，我們會比平時更加專心地傾聽約瑟芬的聲音，這一點倒是真的。籠罩在我們頭頂上的種種威脅會讓我們變得更安靜、更謙虛，對約瑟芬的頤指氣使也更順從。我們願意聚集在一起，願意擠成一堆，尤其因為這樣做是為了遠離那些折磨人的核心問題，就好像我們在戰鬥前夕要迅速共飲一杯和平之酒一樣——是的，必須趕快，這一點約瑟芬卻常常忘記。這與其說是演唱會，還不如說是民族聚會；而且在這場聚會上，除了臺上那輕輕的口哨聲，全場靜悄悄毫無聲息。這個時刻過於嚴肅，大家都不想用閒聊來消磨。

不過這樣一種關係當然根本無法令約瑟芬感到滿意。她的地位從來沒有被完全澄清過，這令她充滿神經質的不快，儘管如此，她卻被自信蒙蔽，對某些事情視而不見，而且不需要費很大工夫，還可以讓她對更多的事情視而不見，一群馬屁精就懷著這樣的意圖，其實也是懷著有益大眾的意圖，在不斷活動著。——但是，只是不受重視地在一場民族大會的角落裡順便唱唱歌，即便這件事本身的價值不算小，約瑟芬也當然不會為此奉獻她的歌唱。

不過她也不必如此，因為她的藝術不會不受重視。雖然我們其實是在考慮著完全不相干的事情，籠罩全場的寧靜也絕對不單是由於她的歌唱，有些人甚至連頭都不抬，只是把臉埋到鄰座的皮毛中，而臺上的約瑟芬看起來似乎在徒勞地費盡心力，儘管如此，她的口哨聲卻仍然會多多少少不可避免地滲入到我們的耳朵裡——這一點不可否認。這口哨聲，在眾人被沉默壓倒之處升起，彷彿是一則民族帶給個體的訊息。在種種艱難抉擇之中響起的約瑟芬那單薄的口哨聲，幾乎就像處於這亂哄哄的敵意的世界之中我們這個民族那卑微的存在。約瑟芬堅持著，這微不足道的聲音、這微不足道的成就堅持著，拓開了通向我們的道路；想到這一點，我們感覺愉快。在這種時候，一個真正的歌唱藝術家——如果有朝一日我們之中能出現這樣一個人的話——在這樣的時刻肯定會讓我們無法忍受，我們會一致堅決地拒絕歌唱表演這種荒唐事。但願約瑟芬不會意識到：我們願意聽她唱歌這個事實，正是反對她的歌唱的證據。但她對此大概也有所感覺，不然為什麼她會那麼竭盡全力地否認我們認真傾聽了她的歌唱呢？儘管如此，她仍然唱了又唱，用口哨把這個感覺吹得風輕雲淡。

不過除此之外，對於她來說可能還有一件值得安慰的事：我們在某種程度上確實是在認真地傾聽她唱歌，很可能是像傾聽一個歌唱藝術家唱歌那樣去傾聽的。她達到了一個歌唱藝術家在我們這裡費盡力氣也達不到的效果，而這效果恰恰要歸功於她那不夠充分的才華。這一點大概主要跟我們的生活方式有關。

我們這個民族的人沒有青年時期，勉強有一個非常短暫的童年。雖然定期有要求，要保證孩子獲得一種特別的自由、一種特別的愛護。他們有權利無憂無慮一點、有權利胡蹦亂跳一下、有權利玩耍嬉戲一下，這些權利我們都應該承認，並且幫助他們得到滿足。這樣的要求一提出來，幾乎每個人都會認同，沒有什麼東西能得到更多的認同了。可是在我們的現實生活中，也沒有什麼東西比這更少能得以實現的了。大家認同這些要求，大家也懷著這樣的意圖去嘗試，但是很快一切就又回到了老樣子。

我們的生活就是這樣：一旦一個孩子剛剛學會走路、剛剛能夠辨別環境，他就必須像一個成年人那樣自力更生。出於經濟的考慮，我們不得不分散居住，我們居住的區域太廣闊，我們的敵人太多，在四面八方等待著我們的危險太難以估量——我們無法讓孩子遠離生存的戰鬥，如果我們這麼做了，孩子將會早早夭折。

除了這些可悲的原因，當然還有一個更顯而易見的因素：我們這個部族的生殖能力。一代——每一代都為數眾多——推擠著另一代，孩子沒有時間去做孩子。但願其他民族的孩子能夠得到精心的照料，但願他們能為孩子建立學校，但願那些學校裡每天都有孩子蜂擁而出，那是民族的未來，那麼在那些學校裡出現的孩子，很長一段時間裡每一天都會是同一群孩子。我們並沒有學校，但是在最短的時間間隔裡，一群又一群一望無際的孩子從我們這個民族蜂擁而出，在能夠吹口哨之前，他們興高采烈地嘰嘰喳喳著；在能夠奔跑之前，他們原地打著滾或者在自身重量的推動下向前滾動著；在能夠看清東西之前，他們一大群人笨手笨腳地拉扯帶走周圍的一切。

我們的孩子啊！不像那些在學校裡總是相同的一群，不，永遠不是，永遠是新生的孩子，沒有盡頭，沒有間歇。一個孩子剛剛面世，就已經不再是孩子了，他身後馬上擠滿了一堆新孩子的面孔，數目眾多、急急匆匆，泛著幸福的粉紅，難以區分。

無疑，不管這件事多麼美好，不管其他民族多麼有理由因此而羨慕我們，我們卻無法給予我們的孩子一個真正的童年。這一點自有其後果。一種永不消逝、無法根除的孩子氣貫穿了我們的民族，而這跟我們身上最大的優點——可靠而實際的思維方式——恰恰大相逕庭。我們有時處理起事情來非常愚蠢，那是一種孩子處理事情的愚蠢：毫無意義，鋪張浪費，大手大腳，輕舉妄動，而這一切往往不過是為了開一個小小的玩笑。如果我們從中得到的快樂自然不再是純粹的孩子氣的快樂，這快樂中必定仍然存在著某種孩子氣。而約瑟芬其實也一直受益於我們民族的這種孩子氣。

但我們的民族並非僅僅是孩子氣的，在某種意義上，它還是早衰的，童年和老年在我們這裡的情況和別處不同。我們沒有青年時代，我們一出生就變成了成年人，而我們作為成年人的時間太長，因此儘管我們這個民族總體來說具有堅韌而充滿希望的本性，某種程度的疲憊和絕望卻在這本性裡碾出了一道寬闊的印跡。

我們沒有音樂天賦大概也跟這一點有關。我們太老，玩不了音樂，它的激情、它的亢奮，不適合我們的沉重。我們疲憊地將音樂揮去，退回到了吹口哨。時不時吹幾聲口哨，才是適合我們的做法。誰知道我們當中是不是真的沒有音樂天才呢？如果有，那麼他們一定是在才華得以展示之前就被民族同胞的性格壓制了。相反，約瑟芬卻可以隨心所欲地吹口哨或者唱歌或者隨便她怎麼稱呼都好，這不會妨礙我們，這正合我們的心意，這是我們能夠忍受的。這裡面即便含有一點音樂的成分，也已經減少到了微乎其微的程度。它讓某種音樂傳統得以保持，又不會給我們增加絲毫負擔。

但是約瑟芬帶給這個具有如此調性的民族的東西還不止這些。在她的演唱會上，尤其是在危急時期，只有那些非常年輕的人才對作為歌唱家的女歌手感到興趣。只有他們驚訝地觀看著，看她如何噘起嘴唇，從小巧可愛的門牙之間吐著氣，陶醉在自己製造出來的聲音裡，搖搖欲墜，然後利用這種倒下讓她的成就達到一個全新的、對於她自己而言越來越讓人費解的高度。而現場的觀眾卻完全沉浸在自己的心事之中——這一點顯而易見。

這個民族在戰鬥之餘這點可憐的間隙裡做著夢，就好像每個人的四肢都放鬆了，就好像一個惶惶不安的人突然可以隨心所欲地在民族這張溫暖的大床上攤開手腳、舒展腰身。在這個夢裡時不時地響起約瑟芬的口哨聲，她稱其為珠落玉盤，我們稱其為聲如裂帛。但無論如何，這裡才是那聲音的歸宿，其他任何地方都無法比擬，這裡有音樂幾乎在任何時候都找不到的等候著它的瞬間。這口哨聲裡有那可憐而短暫的童年，有那業已丟失、永遠無法找回的幸福，也有現實的日常生活中那微小的、不可理喻卻又確實存在、無法消滅的歡樂。這一切都不是用高亢的聲調，而是輕輕地、耳語般地、私密地，有時還有點沙啞地表達出來的。這當然是口哨。怎麼能不是呢？口哨是我們民族的語言，只不過有些人一輩子都在吹口哨卻不自知。而在這裡，口哨聲從日常生活的桎梏中被解放出來，也讓我們得到了暫時的解放。無疑，這樣的表演我們是不願錯過的。

但這離約瑟芬自己所斷言的她在那樣的時刻賦予我們全新的力量等等，還相去甚遠。當然這只是對普通人，而非對約瑟芬的吹捧者而言。

「怎麼會有其他可能？」——他們厚顏無恥地說——「來了這麼多觀眾，特別是在危險即將降臨的時候，怎麼可能有其他解釋？我們這麼做，有時甚至還妨礙了自己採取及時而充分的防備措施。」

不過，最後這句話不幸倒是對的，但這不能給約瑟芬增添榮耀，特別是如果再加上另一件事的話：當此類聚會意外地被敵人用暴力驅散而我們當中有些人不得不因此喪生時，約瑟芬、這個罪魁禍首——是的，也許是她的口哨聲招來了敵人——卻總是擁有最安全的那一小塊地方，在她的擁戴者的保護下非常安靜而迅速地第一個消失得無影無蹤。但儘管基本上所有人都知道這一點，當約瑟芬下一次隨心所欲地在任何地方、任何時候站起身來準備唱歌的時候，大家仍然會急匆匆地趕去。由此可以得出結論：約瑟芬幾乎不受法律約束，她可以做任何她想做的事情，即便這件事會危害大眾。而且她所做的一切都會得到原諒。

若是情形果真如此，那麼約瑟芬的要求也就變得完全可以理解了。是的，在某種程度上，大家可以從這種民眾給予她的自由裡，從這種特殊的、沒有任何他人能夠享有的、甚至是違背法律的饋贈裡看到這樣的告白：正如約瑟芬所言，這個民族理解不了約瑟芬，對於她的藝術，它只能無能為力地表示驚歎，感到自己配不上這種藝術，於是它努力用近乎絕望的貢獻來補償由此帶給約瑟芬的痛苦。正如她的藝術超越了他們的理解能力，她這個人本身以及她個人的願望也超越了他們的管轄範圍。

這種說法當然完全不正確。這個民族的每一個個體也許會太快地向約瑟芬投降，但是正如民族本身不會向任何人無條件投降一樣，它也不會無條件地向約瑟芬投降。

很久以來，也許還在約瑟芬踏上她的藝術家道路之初，她就開始抗爭，想讓大家為了照顧她唱歌而免除她的一切勞動。也就是說，大家應該不再讓她去為日常生計以及一切其他和我們的生存戰鬥相關的事情操心，而把這——極有可能——整個轉嫁給民族。

一個容易衝動的人——確實有這樣的人——也許會僅僅鑒於這個要求的獨特性，鑒於居然有人能夠想得出這樣的要求，就推斷出這個要求內在的合理性。但我們的民族卻作出了另外的推斷，並且平靜地拒絕了這個要求。

它也不大費心去駁斥申請者提出的理由。例如約瑟芬指出，勞動的辛苦會損壞她的聲音，她指出儘管勞動遠不如唱歌辛苦，但勞動剝奪了她在唱歌之後得到足夠休息、為下一次歌唱養精蓄銳的可能性，她不得不傾盡全力去唱歌，儘管如此，在這種情況下她仍然永遠不可能達到最佳成績。民族傾聽了她的陳述，卻置之不理。

這個那麼容易被感動的民族有時候根本無法被感動。它的拒絕有時那麼強硬，連約瑟芬也膽怯了，她好像屈服了，做她該做的事，盡量唱好歌。然而這一切只維持了一段時間，接著她又以新的力量投入了戰鬥——在這方面她似乎有著無窮無盡的力量。

現在清楚了，約瑟芬努力爭取的其實並非是她口頭上要求的東西，她是理智的，她並不厭惡勞動，正如我們根本不知道「厭惡勞動」這個詞是什麼意思一樣。就算她的要求被批准，她肯定也不會過一種跟從前不一樣的生活。勞動根本不會妨礙她唱歌，不過她的歌唱也不會因為不勞動而變得更美妙——她努力爭取的僅僅是對於她的藝術的公開的、明確的、經久的、遠遠高於一切迄今為止已知先例的認可。可是雖然她似乎在其他方面幾乎可以達到一切目的，在這件事情上她卻遭到了頑固的回絕。也許她應該一開始就把進攻的方向指向別處，可是現在她已經回不了頭了，即使她或許已經認識到了自己的錯誤。回頭將意味著不忠於自己。現在她必須堅持這個要求，或者挺住，或者倒下。

如果真如她所說，她有敵人，那麼她的敵人此時就可以開心地袖手旁觀這場戰爭。但是她並沒有敵人，即便有些人時不時會對她有意見，這場戰爭也沒有讓任何人感到開心。因為民族在這件事上表現出的那種冷冰冰的法官式的態度，在我們這裡平常是非常罕見的，僅僅這一點就不會讓人開心。就算有人可能會贊成在這種情況下採取這種態度，但是一想到某一天民族也會以相似的態度來對待自己，他就一點也高興不起來了。民族的回絕這件事，跟約瑟芬的要求這件事相似，它與事情本身無關，而是關係到民族竟然能夠如此無情地把一個同胞拒之門外。考量到它平時是以父親，甚至勝於父親，簡直是以謙卑的方式看顧著這個同胞的，這就讓它顯得更加無情了。

如果換作一個個人站在民族的位置上，大家可能會認為：這個人一直懷著結束這種讓步的迫切要求，不斷對約瑟芬讓步。在堅信即便讓步也有最後底限的信念下，他做過非同一般的讓步。是的，他甚至做過不必要的讓步，僅僅為了加速事情的發展，為了縱容約瑟芬，促使她不斷產生新的願望，直到她真的提出了這個最後的要求。於是他理所當然地、簡潔地、準備充分地進行了這最後的回絕。事實當然絕對不是這樣的，民族不需要耍這類詭計，它對約瑟芬的尊敬確實是誠摯的，經受過考驗的。約瑟芬的要求的確太高，每個天真的孩子都能對她預言事情的結果。儘管如此，在約瑟芬對這件事情的理解裡，仍然有可能包含了上面說的這類猜測的成分，從而給這位遭到拒絕的人的傷痛中又增添了一絲苦澀。

但是就算她懷有這類猜測，也絕不會讓她因此害怕繼續抗爭。最近一段時間裡這抗爭甚至愈演愈烈。如果說迄今為止她只是利用言詞作戰，那麼從現在起，她開始使用其他手段了——在她自己看來更有效，而在我們看來對她本人更危險的手段。

有些人認為，約瑟芬之所以變得這麼咄咄逼人，是因為她覺得自己正在老去，她的聲音已經顯示出缺陷，因此在她看來，進行這最後一場取得認可的戰爭已經刻不容緩。我是不相信這種說法的。如果這種說法是真的，那麼約瑟芬就不會是約瑟芬了。對她而言，衰老和聲音的缺陷都是不存在的。如果她要求什麼東西，不會是因為外在的因素，而只是因為被內在的邏輯所驅使。她把手伸向那最高的桂冠，並非因為這桂冠目前正好掛得有點低，而只是因為它一直是最高的。如果決定權在她手裡的話，她會把它掛得更高。

不過這種對於外在困難的蔑視並沒有阻止她使用最不體面的手段。毫無疑問她應該得到自己應有的權利，那麼她用什麼方式去取得這權利又有什麼關係呢？尤其是在這個世界上，在這個以這副面目展現在她面前的世界上，恰恰是那些體面的手段不得不宣告失敗。也許她甚至因此把自己爭取權利的戰爭從歌唱領域轉移到了別處，一個對她來說不那麼寶貴的地方。她的擁躉們把她的話散播開去，據她說她覺得自己完全有能力讓自己的歌唱為這個民族所有的階層，包括藏得最深的反對者，帶來一種真正的樂趣。這種真正的樂趣並非這個民族所理解的那種樂趣——它宣稱一直以來自己都從約瑟芬的歌唱裡感受到了這種樂趣——，而是約瑟芬要求的那種樂趣。但她又補充說，由於她既不能偽裝高尚又無法迎合大眾，所以只能就這麼隨它去。但是對於她免除勞動的戰爭卻不一樣，儘管這也是一場關於她的歌唱的戰爭，但是在這裡她並沒有直接使用寶貴的歌唱作為武器，因此她採取的每一個手段，都算得上是好手段。

於是諸如這樣的傳聞就流傳開來：如果大家不讓步，約瑟芬就會故意減少花腔。我對花腔一無所知，也從沒覺察到她的演唱裡有過花腔。但約瑟芬打算減少花腔，暫時還不是完全去掉，而僅僅是減少。據說她也實現了這種威脅，不過我並沒有感到跟她以前的演唱有什麼區別。民族作為整體一如既往地傾聽了她的演唱，對於花腔未做評價，對於約瑟芬提出的要求的應對方式也未做改變。順便提及，就像約瑟芬的外表一樣，不可否認，她的思想裡有時也有些極其優雅的地方。比如在那次表演之後，她似乎覺得自己關於花腔的決定對於民族太過強硬或者太過突然，於是她宣布，下一次她會重新把花腔唱全。可是下一次的演唱會之後她又改變了主意，宣稱現在是應該完全結束那個重要的花腔的時候了，在獲得對約瑟芬有利的判決之前，這花腔將不會出現。然而，民族對所有這些宣布、決定以及對決定的修改都充耳不聞，就像沉思中的成年人對於孩子的嘮嘮叨叨充耳不聞一樣。原則上他是慈愛的，卻一句話也沒聽進去。

但是約瑟芬並不屈服。比如最近她又聲稱：她在勞動中弄傷了腳，讓她很難站著演唱。由於她演唱只能站著，所以她不得不縮短演唱時間。儘管她一瘸一拐地讓她的擁躉們攙扶著，但還是沒人相信她真的受了傷。就算承認她那副小身子特別敏感，我們到底還是勞動民族，而約瑟芬也是這個民族的一員。如果我們每次都因為擦傷了一點皮毛就想一瘸一拐，那麼整個民族就會沒完沒了地一瘸一拐了。但是即便她像個瘸子似的讓人領著、即便她在這種值得同情的狀態下比平時更頻繁地露面，民族卻仍然一如既往，感激而陶醉地傾聽著她的歌唱，但也並不因為她縮短演唱時間而大驚小怪。

由於她不可能永遠一瘸一拐下去，約瑟芬又想出了新點子。她假裝疲倦，心情不好，身體虛弱。這樣一來，我們除了音樂會，還有一場戲可看。

我們看到約瑟芬身後的她的擁躉們，他們如何懇請她，賭咒發誓地求她唱歌。她很想唱，但她唱不了。大家安慰她，拍她的馬屁，幾乎是把她抬到了為她的演唱預先安排好的位置上。最終她帶著難以辨認的眼淚讓步了，但是當她顯然憑著最後一絲意志力想要開始唱歌的時候——衰弱無力，雙手不像從前那樣張開，而是毫無生氣地垂在身體兩側，給人以手也許有點太短的印象——當她做出這副樣子準備發聲的時候，還是又不行了，她的腦袋不情願地晃動了一下，宣告了這一點，她在我們眼前倒了下去。然後她當然又重新掙扎著站了起來，唱起歌來了，我相信，跟從前並沒有太多區別。也許，如果有人的耳朵能夠分辨最細微的差別，他會聽出一絲不尋常的興奮來，但這也只會對演唱有益。

演唱結束時她甚至沒有之前那麼疲憊了，她邁著堅定的步伐——如果可以這樣稱呼她那嘀嘀哆哆的急跑的話——離開了，拒絕了擁躉的任何幫助，用冰冷的目光審視著必恭必敬為她讓路的人群。

那就是不久前發生的事情。但最近一次，她在一個大家期待著她唱歌的時刻消失了。不僅擁躉在找她，很多人都自願幫忙尋找，可是徒勞無功。約瑟芬消失了，她不願意唱歌了，連被請求唱歌都不願意。這一次她徹底將我們遺棄了。

真奇怪，她怎麼會打錯算盤？這個聰明的女人，錯得這麼離譜，大家簡直會覺得她根本沒有算計過什麼，而僅僅是在聽從命運的擺布，這命運在我們這個世界上只會成為極其悲慘的一種。是她自己放棄了歌唱，是她自己摧毀了她藉由征服人心而獲取的權利。——既然她對人心如此缺乏瞭解，又是如何獲取這種權利的呢？她躲了起來，不再唱歌了，可是民族，它從容冷靜，看不出失望，盛氣凌人，那是一個沉迷於自身的群體，它確實只會贈人禮物，而從不接受饋贈，包括約瑟芬的饋贈，雖然表面上看起來不是這樣。這個民族繼續在自己的路上前行著。

約瑟芬的道路卻必然每況愈下。過不了多久，她最後的那聲口哨就會響起，並歸於沉寂。她只是我們民族永恆歷史上的一首短短的插曲，而民族會克服這個損失。對我們來說，這並不輕鬆，在一片沉寂裡我們怎麼可能再集會？當然，有約瑟芬的集會不也是沉寂的嗎？她的口哨聲在現實中真的比在我們記憶裡要響亮生動得多嗎？或者這口哨聲僅僅是我們對她在世時的一個記憶？難道不是因為她的歌唱以這種方式才能成為永恆，民族才睿智地把她的歌唱捧到了如此之高的地位？

也許我們根本感覺不到多大損失。而約瑟芬，她已經擺脫了在她看來是為肩負使命的人預備的塵世的磨難，愉快地消逝在我們民族無以數計的英雄行列之中。由於我們並不關心歷史，很快，她就會在昇華解脫中被遺忘，就像她所有的弟兄一樣。

附錄一

卡夫卡生平年表

一八八三年七月三日

法蘭茲．卡夫卡出生於奧匈帝國布拉格市（現捷克共和國首都）。父親赫爾曼．卡夫卡（Hermann Kafka，一八五二—一九三一）和母親尤莉．卡夫卡（Julie Kafka，一八五六—一九三四）均為猶太人，經營一家高級服飾用品店。他有三個妹妹以及兩個在幼年時期即已夭折的兄弟。

一八八九—一八九三年

就讀布拉格德意志男子小學（Deutsche Knabenschule）。

一八九三—一九〇一年

就讀老城區德意志高級中學（Altstädter Deutsches Gymnasium）。

一九〇一—一九〇六年

就讀卡爾-費爾南德大學（Deutsche Carl-Ferdinands-Universität）。

一九〇二年

結識馬克斯·布羅德（Max Brod），兩人後來成為終身密友。

一九〇六年

七月，大學畢業，取得法律博士學位。

一九〇六年七月—一九〇七年十月

作為法律助理，在省民事和刑事法庭無薪實習。

一九〇七—一九〇八年

任職於義大利忠利保險公司。

一九〇八年

三月，首次在雜誌發表以「觀察」命名的數篇短篇及散文。

七月，被半公家機關性質的波西米亞王國工傷保險機構聘用，並在那裡一直工作到一九二二年。

一九一一年

投資妹夫卡爾．赫爾曼在布拉格開設的「赫爾曼布拉格石棉製造公司」（Prager Asbestwerke Hermann & Co.），成為合夥人。

一九一二年

著手創作《失蹤者》（*Der Verschollene*）；八月，結識菲莉絲．鮑威爾（Felice Bauer）；九月，一夜之間完成小說《判決》（*Das Urteil*），自此形成自己獨特的文學風格；十一月，完成小說《變形記》（*Die Verwandlung*）；十二月，出版短篇小說集《觀察》，這是卡夫卡生前出版的第一本單行本著作。

一九一三年

小說《判決》，《火夫》（*Der Heizer*）出版。

一九一四年

六月一日，與德國人菲莉絲．鮑威爾訂婚，同年七月十二日卡夫卡宣布解除婚約；八月，開始創作長篇小說《審判》（*Der Prozeß*）（或譯《訴訟》）。

一九一五年

獲得柏林馮塔納藝術文學獎；十月，小說《變形記》出版。

一九一六年

由於健康因素得以休長假，再次與菲莉絲・鮑威爾論及婚嫁；完成〈鄉村醫生〉（Ein Landarzt）等短篇小說。

一九一七年

肺部大出血，病情加重；年底，最終決定與菲莉絲分手。

一九一九年

夏天，與女職員尤莉・沃里澤克（Julie Wohryzek）訂婚；十月，完成小說《在流放地》（*In der Strafkolonie*）；年底，著手書寫〈給父親的信〉（Brief an den Vater），但這封信從未寄出，他去世後，由好友布羅德整理出版。

一九二〇年

短篇小說集《鄉村醫生》出版，收有十四篇文章；年底，與菲莉絲・鮑威爾解除婚約。

一九二二年

著手創作長篇小說《城堡》（*Das Schloß*），並完成小說〈飢餓藝術家〉（Ein Hungerkünstler）；七月，被工傷保險機構允許病退，開始到不同的療養院治療休養。

一九二三年

在波羅的海邊療養時結識朵拉・笛亞芒（Dora Diamant），年底，完成小說〈小個子女人〉（Eine kleine Frau），病情迅速惡化。

一九二四年

三月回到布拉格；完成小說〈女歌手約瑟芬或老鼠民族〉（Josefine, die Sängerin

oder Das Volk der Mäuse）；四月，到奧地利東部的一家療養院治療，被診斷為結核病，於六月三日去世。遺體被運回布拉格，並在當地的猶太人墓地火化埋葬。卡夫卡生前曾指示好友馬克斯．布羅德銷毀他的所有作品，已出版的作品不得再版。他自己也毀掉了很多未出版的作品。布羅德違反卡夫卡的意願，在其去世後，將其作品陸續整理出版，包括三篇未完成的長篇小說《審判》、《失蹤者》，和《城堡》。其他作品則很多沒有標題，出版時由布羅德命名。

附錄二

卡夫卡作品年表

生前出版的單行本

一九一三　《判決》（*Das Urteil*）

　　　　　《火夫》（*Der Heizer*）

一九一五　《變形記》（*Die Verwandlung*）

一九一九　《在流放地》（*In der Strafkolonie*）

生前出版的小說集

一九〇八　《沉思》（*Betrachtung*）

一九一八　《鄉村醫生》（*Ein Landarzt*）

生前出版的小說（未結集）

一九〇九〈女士手冊〉（Ein Damenbrevier）

〈與祈禱者的對話〉（Gespräch mit dem Beter）

〈與醉漢的對話〉（Gespräch mit dem Betrunkenen）

〈布雷西亞的飛行器〉（Die Aeroplane in Brescia）

一九一一〈理查德和薩姆爾〉（Richard und Samuel）

一九一二〈巨響〉（Großer Lärm）

一九一七〈桶騎士〉（Der Kübelreiter）

一九二二〈最初的痛苦〉（Erstes Leid）

〈飢餓藝術家〉（Ein Hungerkünstler）

一九二三〈小個子女人〉（Eine kleine Frau）

一九二四〈女歌手約瑟芬或老鼠民族〉

（Josefine, die Sängerin oder Das Volk der Mäuse）

去世後出版

小說集

一九二四　《飢餓藝術家》（*Ein Hungerkünstler*）

長篇小說

一九二七　《失蹤者》（*Der Verschollene*）

又名《美國》（*Amerika*）

一九二五　《審判》（*Der Prozeß*）

一九二六　《城堡》（*Das Schloß*）

變形記 / 法蘭茲・卡夫卡著；方玉譯 . -- 初版 . -- 臺北市：時報文化出版企業股份有限公司 , 2021.06
192 面；21 x 14.8 公分 . --（愛經典；51）
ISBN 978-957-13-9093-2（精裝）

882.257 110008461

作家榜经典文库®

ISBN 978-957-13-9093-2
Printed in Taiwan

愛經典 0 0 5 1
變形記

作者一法蘭茲・卡夫卡｜譯者一方玉｜編輯總監一蘇清霖｜編輯一邱淑鈴｜美術設計一FE 設計｜內文插圖一Akif Kaynar｜校對一邱淑鈴｜董事長一趙政岷｜出版者一時報文化出版企業股份有限公司 108019 台北市和平西路三段二四〇號四樓 發行專線一（〇二）二三〇六一六八四二 讀者服務專線一〇八〇〇一二三一一七〇五、（〇二）二三〇四一七一〇三 讀者服務傳真一（〇二）二三〇四一六八五八 郵撥一一九三四四七二四時報文化出版公司 信箱一10899 台北華江橋郵局第 99 信箱 時報悅讀網一http://www.readingtimes.com.tw｜電子郵件信箱一new@readingtimes.com.tw｜法律顧問一理律法律事務所 陳長文律師、李念祖律師｜印刷一勁達印刷有限公司｜初版一刷一二〇二一年六月十八日｜初版二刷一二〇二二年十月十二日｜定價一新台幣三〇〇元｜（缺頁或破損的書，請寄回更換）

時報文化出版公司成立於一九七五年，並於一九九九年股票上櫃公開發行，於二〇〇八年脫離中時集團非屬旺中，以「尊重智慧與創意的文化事業」為信念。